Diogenes Tasch[...]

Shakespeares Königsdramen

Nacherzählt und mit einem Vorwort von

Urs Widmer

Mit Zeichnungen von Paul Flora

Diogenes

Sämtliche Königsdramen
erschienen erstmals 1978 im Diogenes Verlag
in dem Band ›Shakespeare's Geschichten‹
Die Illustrationen von Paul Flora sind dem
Band ›Königsdramen‹ entnommen,
der 1979 im Diogenes Verlag
erschienen ist

Veröffentlicht als Diogenes Taschenbuch, 2008

www.diogenes.ch
40/08/44/1
ISBN 978 3 257 23735 1

INHALT

Vorwort 7

König Richard II. 11
König Heinrich IV. 1. Teil 30
König Heinrich IV. 2. Teil 44
König Heinrich V. 59
König Heinrich VI. 1. Teil 71
König Heinrich VI. 2. Teil 89
König Heinrich VI. 3. Teil 103
König Richard III. 121
König Heinrich VIII. 139
König Johann 155

Vorwort

Shakespeares Königsdramen sind einzigartig in der Literatur der Welt. Kein anderer, an keinem Ort, zu keiner Zeit, hat auch nur versucht, was Shakespeare getan hat: zehn vielfach aufeinander bezogene und ineinander verwobene Stücke zu schreiben – alle strotzend vor Sinn und Sinnlichkeit –, die die Geschichte des eigenen Landes über einen Zeitraum von anderthalb Jahrhunderten hin erzählen. Shakespeare hat zwanzig Jahre lang an den Königsdramen gearbeitet, keineswegs in der historisch korrekten Reihenfolge (er schrieb *Heinrich VI.* sechs Jahre vor *Heinrich V.*), und zu Beginn gewiß ohne sein Geschichts-Panorama gleich so umfassend zu planen. Es beginnt 1399 mit dem Ende der Plantagenets, beschreibt den Aufstieg und den Fall der Lancaster und der York und endet mit den Tudors. Am Ende von *Heinrich VIII.* wird Elisabeth I. geboren, die, als Shakespeare diese Szene phantasierte, erst seit zehn Jahren tot war.

Die Königsdramen sind, mit guten Gründen,

voller Morde und jäher Tode. An Königs- und Königinnenhänden klebte damals immer Blut; an denen Elisabeths zum Beispiel das Maria Stuarts. Sie nahm es Shakespeare, der diese Stücke immerhin in London – sozusagen unter ihren Augen – zur Aufführung brachte, offenbar nicht allzu übel, daß er ihre Vorgänger als das darstellte, was alle waren, wenn es um Macht ging: als Männer und Frauen, die keine Skrupel kennen durften, denn wenn sie ihren Skrupeln nachgaben, war es um ihren Hals geschehen. Mit *Heinrich VIII.* hatte sich Shakespeare gefährlich nahe an seine Gegenwart herangeschrieben. Noch näher durfte er ihr nicht kommen, und er wollte es wohl auch nicht. (Während der Uraufführung dieses letzten der Königsdramen, am 29. Juni 1613, brannte das Globe Theatre bis auf die Grundmauern nieder. Vielleicht war auch das für Shakespeare ein Grund aufzuhören. Mit dem Stücke-Schreiben überhaupt aufzuhören. Er wäre ein Dramatiker ohne Theater geworden. Wie auch immer: *Heinrich VIII.* blieb sein letztes Stück. Drei Jahre später starb er.)

Goethe nannte Shakespeare den größten Dichter, der je gelebt habe. Es ist nicht schwierig – bei aller Bewunderung für Sophokles oder Goethe selber –, sich dieser Meinung anzuschließen. Klar also, daß ich einigen Mut und ein gutes Stück

Chuzpe brauchte, die Stücke Shakespeares in Prosa nachzuerzählen. Zwei Autoren allerdings hatten dies vor mir schon getan, lange vor mir, und ein dritter erst eben. Die ersten beiden waren Charles und Mary Lamb gewesen, die tief in den Zeiten Queen Victorias die bekanntesten Stücke nacherzählten, von *Hamlet* über *Macbeth* bis hin zu *Romeo und Julia*. Das ist eine so viktorianische Lektüre, daß Walter E. Richartz, der die Lamb-Stücke eigentlich nur übersetzen wollte, diese dann seinerseits neu erzählte. In seiner Sprache. Erst dann – drei Autoren hatten mir also schon vorgemacht, daß so eine Arbeit nicht scheitern mußte – kam ich ins Spiel. Ich nahm mich der von den Lambs und also auch von Walter E. Richartz vernachlässigten Stücke an. Darunter waren alle Königsdramen. Sie nachzuschreiben erwies sich als ein besonders großer Genuß.

Im Vorwort zu *Shakespeare's Geschichten* (die 1978 in zwei Bänden erschienen sind und in denen Walter E. Richartz und ich alle Stücke nacherzählen) schrieb ich – und möchte dies gerne auch für diese Ausgabe der Königsdramen wiederholen: »Notwendigerweise ist jede meiner Nacherzählungen eine Deutung geworden. Es gibt kein ›textgetreues‹ Nacherzählen. Ich habe mich jedoch nie um schon bestehende Interpretationen gekümmert (nicht, daß ich ihnen nicht bedenkenswerte Erkenntnisse zutraute). Ich habe ausschließlich die Stücke gelesen. Ich habe dabei immer so getan, als erzählte ich wirkliche Ereignisse aus früheren Zeiten, nicht, als beschriebe ich Bühnenerfindungen eines Dichters namens Shakespeare. Ich habe, alles in allem, zwei Ehrgeize miteinander zu verbinden gesucht: ›gute‹ Geschichten zu schreiben und solche, die man, jenseits von Fragen der literarischen Qualität, als Inhaltsangaben lesen kann. Natürlich bitte ich dabei um Nachsicht. Nicht jede Einzelheit kommt bei Shakespeare vor. Aber ich habe mir nie erlaubt, einen wesentlichen Handlungsstrang zu verändern.«

KÖNIG RICHARD II.

Es gab eine Zeit, da stand man, je mächtiger man war, desto näher seinem Grab. Barone und Herzöge starben, ohne ihre Bärte jemals gesehen zu haben. König zu werden war ein Todesurteil. Zwar war auch das Leben eines Bauern kein Flug auf Frühlingswinden. Auch er starb schnelle Tode. Einmal zur Unzeit aus der Hütte getreten, und er hing an einer Eiche oder hatte einen Pfahl im Leib. Oder er marschierte inmitten fremder Männer nach Frankreich, das zu erobern er eine Abscheu hatte. Aber ein König! Er ließ jedes Essen vorkosten. Er ließ die, die hinter seinem Rücken tuschelten, umbringen. Er stand immer mit dem Rücken gegen die Palastwand. Er traute seinen Söhnen nicht und beobachtete seine Frau und seine Geliebte. Trotzdem kletterten Herzöge und Prinzen den steilen Berg hinauf, auf dem hoch oben der Thron stand. Sie traten nach ihren Rivalen und sahen zu, erhitzt und triumphierend, wie diese den Berg hinunterstürzten und in einem Bachbett zerschellten. Dann krochen sie weiter, aufwärts, und irgendwann gelang es einem der Prätendenten wirklich, ein Bein des Throns zu fassen, auf dem der König saß und nach allen Seiten lugte, ihn mit einem plötzlichen Ruck zu kippen, so daß der König in den Abgrund stürzte, schreiend jetzt, an seinem Zepter Halt suchend, bis er tief unten in der Schlucht aufschlug. Dann stand der Prinz, nun der neue König, auf dem Berg im Sonnenlicht, aufatmend und glücklich. Mit einer weiten Armbewegung umfaßte er das Land unter sich. Alles, was er sah, war nun sein: die Hügel dort im Morgensonnenschein, die Täler, aus denen der Nebel aufstieg, die blinkenden Städte, die grünen rauchenden Wiesen und das Meer mit seinen Schiffen. Und die kleinen Menschen dort auch. Er konnte jedem Hirten befehlen, ihm sein Schwein herzugeben, und jeder Frau, ihr Herz. So stand er im Wind, der junge König. Dann setzte er sich auf den Thron, von Würdenträgern umgeben, die ihm, wie seinen Vorgängern, ewige Loyalität schworen. Wenn er schwieg und lauschte, hörte er unter sich, in der steilen Felswand, Steine rollen. Er konnte sie nicht sehen, aber er wußte, da unten kämpften sie miteinander, seine Mörder.

Der hier zu beschreibende Ausschnitt aus der Geschichte Englands beginnt 1399 und endet 1533. In diesen Jahren starben neun Könige, und manche von ihnen stiegen auf den Thron, während ihre Särge schon gezimmert wurden. Adlige Jünglinge forderten die Sonne zum Zweikampf heraus und stürzten Sekunden später in den Schatten ihrer Pferde. Armeen brachten sich gegenseitig um. Dörfer wurden niedergebrannt. Schafherden donnerten in Panik durchs Land. Frauen, denen die Männer im Schlaf aus den Betten gerissen worden waren, wühlten ihre Lippen in die ihrer Todfeinde. Freunde schworen sich ewige Treue und standen sich tags darauf auf dem Schlachtfeld gegenüber. Richter streckten den nassen Finger in den Wind der Macht. Bischöfe logen die göttlichen Gebote zu königlichen um. Hurenböcke sagten die Wahrheit, und es nützte ihnen nichts. Ja, es gab wahre Spezialisten im Überleben von Schlächtereien, aber auch sie lagen plötzlich tot in einem Gasthausbett. Alle waren stark und heftig und wollten einen dicken Happen vom Glück ihrer Zeit. Sie aßen und soffen und fickten und töteten, weil sie wußten, daß sie nicht wußten, wie lange sie sich noch am Schicksalsrad festklammern konnten. Ein zufälliger Speichenschlag eines gedankenlosen Gottes, und sie wurden in den schwarzen Himmel hineingeschleudert und waren vergessen.

1399 regierte König Richard II. ein Land, in dem niedere Hütten standen, und dann und wann ein Schloß hinter stillen Hügeln. Es war, trotz Nebel und Regen, ein schönes Land. Aber die Wege verschlammten, ehrbare fahrende Händler wurden so oft von Wegelagererern beraubt, daß sie selber an Wegen zu lagern begannen, Handelsschiffe mit ihrem Safran aus dem geheimnisvollen Orient wurden von Seeräubern abgefangen, bevor sie die Küste sahen, in der Hauptstadt wagte sich nach Sonnenuntergang kein Mensch mehr vor die Tür, Gräfinnen trugen die Mieder vom letzten Jahr und Bäuerinnen die ihrer toten Großmütter, und König Richard II. füllte seine Kassen dadurch, daß er die Güter derer konfiszierte, die hinter seinem Rücken über seinen Tod oder übers Wetter gesprochen hatten.

An einem grauen Herbstabend saß Richard inmitten von stummen Höflingen auf seinem Thron. Zu seiner Rechten stand der Herzog von Lancaster, zu seiner Linken der Herzog von York. Alle drei – und die stummen Höflinge – sahen mit steinernen Gesichtern auf zwei junge Männer, die einander am Kragen hatten und beide gleichzeitig brüllten, der andere sei ein Hochverräter und habe den König ermorden wollen. Der eine junge Mann hieß Heinrich und war der Sohn des Herzogs von Lancaster, der andere Mowbray. Sie schwitzten vor Erregung. Die Höflinge sahen betreten zu Boden. Sie hörten Gedanken, die ihnen geläufig waren.

Schließlich brachte Richard die beiden Ankläger mit einem Machtwort zum Schweigen. Nicht er, Gott sollte den Zwist entscheiden: Heinrich und Mowbray mußten mit Schwert und Schild gegeneinander antreten, und wessen Schwert den Schädel des andern spaltete, der hatte die Wahrheit gesprochen. Die beiden traten sich also in gleißenden Rüstungen entgegen – ringsum jetzt buntgekleidete Damen mit weißen Busenansätzen, junge Galane, die Witze erzählten, Eisverkäufer, Kinder und Hunde –, aber Richard brach den Kampf ab, ehe er begonnen hatte, und schickte beide Kämpfer in die Verbannung: Mowbray für ewig, Heinrich für sechs Jahre. Niemand konnte sagen, ob er diesen für unschuldiger hielt oder für blöder. Die Rivalen sattelten ihre Pferde und ritten, ohne sich umzusehen, in den Nebel hinaus.

Der alte Herzog von Lancaster überlebte die Trennung von seinem Sohn nicht lange. Das lebenslange stumme Träumen von der Macht hatte ihn zerfressen. Er legte sich zum Sterben nieder, und König Richard, sein Neffe, hinderte ihn nicht daran. Jetzt, als ihm die Luft ausging, sah der Herzog erst, *wie* dünn das Eis war, auf dem der König hochmütig herumstampfte. Er sagte es ihm. Dann starb er, und der König konfiszierte seine Güter.

Der Herzog von York stand indessen vor seinem Spiegel und sah sein dick gewordenes Gesicht an und fragte sich, wie lange noch er sich das alles mit ansehen konnte. Jeder Tag brachte einen neuen Mord. Jeder Tag brachte aber auch neue Argumente, das königliche Recht zu achten. Der Herzog von York seufzte. Er fühlte sich alt.

Auch König Richard hatte keine Ruhe. In Irland rebellierten die Iren. Richard befahl, die Waffen zu putzen und Schiffe bereitzustellen. Er wollte den Feldzug eigenhändig leiten. Er ernannte York zum Regenten für die Zeit seiner Abwesenheit, und dieser setzte sich schweigend an den Schreibtisch des Königs. Wenn das nur alles gutging. An einem Morgen, an dem eine fahle Sonne vom Himmel schien, zog Richard hin zu einem Dampfkessel, der am Explodieren war, ohne zu sehen, daß er ein Pulverfaß zurückließ, an dem schon die Lunte glühte.

Denn kaum war er durch die Hügel Berkshires geritten, an den fernen Zinnen Oxfords vorbei, durch feuchte Weiden nach Gloucester, durch wilde Wälder in die Black Mountains hinein, vorbei an Schafherden, deren Hirten in den Nebel hineinrannten, über ewige Hochebenen ohne Bäume, schließlich in einem strömenden Regen zur Küste hinunter auf die Schiffe zu, die das nasse Heer aufnahmen, da saßen in einem Seitenflügel des Palasts von Windsor auch schon die begütertsten Adligen beisammen und sagten, zuerst mit zagen Andeutungen, dann laut und klar, daß ihr König ein Bankrotteur sei. Ein Lump. Ein Mörder, ein Dieb. Ein Hochstapler, ein Schwächling, ein Nichts. Was er anfasse – Schwert, Gold und Bibel –, zerfalle ihm zu Staub. Zudem wußten sie, daß Heinrich, der Sohn des toten Herzogs von Lancaster und nun selbst ein Herzog ohne Land, mit einem Haufen wilder Männer an der Küste von Dover stand. Es waren Männer, die sich nur den Gaumen wuschen, und den nie mit Wasser. Jetzt rannten sie übermütig im Küstensand herum und hieben Kormoranen die Köpfe ab und jagten Fischersfrauen durchs Schilf. Sie spürten, daß Heinrich auf dem Weg nach oben war – genauso wie Richards Krieger, die nun in Irland waren, ahnten, daß ihr König am Ende war. Verzagt stachen sie auf die Bauern ein. Wenn diese ein paar mehr gewesen wären und etwas von der Verzweiflung ihrer Gegner geahnt hätten, hätten sie ihren Freiheitskampf gewonnen. Denn wen das Glück verläßt, der findet am Morgen sein Bett leer und seine Kasse geplündert. Richard eroberte in Irland Strohhütte um Strohhütte, aber in England wurden ihm über Nacht alle Freunde untreu und stießen mit ihren Dorfbauern zu Heinrichs Heeresmacht. Nur drei Edle blieben dem fernen König treu – aber nicht, weil sie edel waren, sondern weil sie lebenslang solche Schweine gewesen waren, daß sie außerhalb des Schutzes dessen, für den sie Schweine gewesen waren, keine Chance hatten. Jeder Sauhirt hätte sie mit seinem Stecken totgeschlagen.

Heinrichs Abenteurerhaufe wurde ein stattliches Heer, während er durch den nassen Nebel auf Windsor losmarschierte. Und weil, wer nicht rechtzeitig zum Spundloch springt, ein leeres Faß vorfindet, stand der Herzog von York, Richards Stellvertreter, bald allein und ohne Hilfe da. Daß ihm das passieren mußte! Er hatte für Richard II. soviel übrig wie für jeden andern König, auch er hatte einmal von Kronen geträumt, aber der Verzicht hatte aus ihm einen Adligen des alten Schlags gemacht. Jetzt wollte er zeigen, wie loyal ein Herzog sein konnte. Er ritt, mit wehenden weißen Haaren und einem schmerzenden Kreuz, den heranreitenden Aufständischen entgegen. Er kannte sie ja alle von Bällen und Familienfesten. Heinrich sprang vom Pferd, half seinem Onkel von seinem, beide setzten sich auf einen Baumstamm, und Heinrich hörte sich die Vorhaltungen Yorks an. Dann schwiegen beide. Onkel, sagte Heinrich schließlich, ich mag Euch, aber ich bin jetzt 35, und Richard ist ein Mörder und Länderdieb, und beides werde ich nie werden. Der Herzog von York sah ihn an und sagte: So? Dann akzeptierte er einen Schluck aus Heinrichs Feldflasche, und dann, weil alles sowieso schiefging, lud er die Aufständischen für eine Nacht in sein Schloß nach London ein. Wieso sollten sie im nassen Garten frieren? Ich würde dich gern verhaften, Heinrich, sagte er traurig vor seinem Kaminfeuer, aber ich bin zu schwach dafür. Dann gingen sie alle in ihre feuchten Himmelbetten. York fand keinen Schlaf und sehnte den Tod herbei. Heinrich jedoch träumte davon, alle Freunde Richards aufzuhängen und Richard zu erdrosseln.

So kam es, fast so. Die Freunde standen am nächsten Morgen vor Heinrichs Befehlsstuhl. Sie machten kein langes Gerede. Sie gingen, ohne sich umzusehen, zu einem Block, auf den sie den Kopf legten. Oder zu einer turmhohen Brüstung, von der sie, mit einem Seil um den Hals, ohne zu warten, sprangen. Oder zu einem gähnenden Loch in einem Verlies, in das sie sich ohne Widerstand von einem tierartigen Wärter stoßen ließen. Oder zu einem Becher Wein, den sie in einem Zug leerten. Oder zu einem Fluß, in den sie mit einem Stein um den Hals hineinwateten, ohne zum Himmel aufzusehen. So traten die Getreuen Richards ab, und Heinrich wandte sich den Dingen des Lebens zu.

Richard (die Erde war größer als heute) erfuhr von all dem erst, als er an der Küste von Wales gelandet war. Er hatte in Irland gesiegt und in England keinen einzigen Freund mehr. Er bekam Magenschmerzen und Ohrensausen. Seine Adligen in ihren gleißenden Rüstungen machten eiserne Gesichter. Die Korporale hatten die Herzen in den Hosen, und die Soldaten stierten vor sich hin. Einzig in Aumerle, dem Sohn des Herzogs von York und Erben seines verschütteten Ehrgeizes, glühte immer noch das Begehren, auch einmal auf dem höchsten Berg der Erde zu stehen. Als die todbringenden Nachrichten eintrafen, verschloß er die Augen vor der Erkenntnis, daß sich andere dahin aufgemacht hatten, ohne ihn. Er redete Richard heftig zu, sich den Verrätern entgegenzuwerfen. Dieser hörte ihn an. Ein kalter Wind pfiff ihm um die Ohren, und Aumerles Worte taten ihm wohl und schmerzten ihn. Er stand im Sand und sah zu den Klippen hinauf, über die der Sturm heulte, und er dachte, daß die Macht den Neid herausfordert, der den Tod mit sich bringt. Er ließ aufsitzen und ritt mit seinem feuchten Haufen zu seiner nächsten Burg. Während seine Leute im Hof froren und sich mit Frauengeschichten aufwärmten, aß er ein letztes gutes Essen. Er lernte, daß ein König ohne Menschen, die ihn für einen König halten, ein Esel ist, der versucht, an seinem Strick die Erde, in der er angepflockt ist, aus der Umlaufbahn zu reißen.

Auch er schlief schlecht. Als er am Morgen aus dem Burgfenster sah, waren die Hügel übersät von hin und her rennenden Männern mit Rüstungen, Schwertern und unförmigen Gewehren, von Pferden, Zelten, Fahnen, Feuern, Wagen, keifenden und lachenden Frauen, Hunden, Bettlern. Ihn schauderte. Er zog alle seine Insignien an und eilte zur Burgwehr, unter der schon, barhäuptig, Heinrich stand. Er sah auf ihn herab. Er hätte ihm mit einem gezielten Steinwurf den Kopf zerschmettern können. Aber das eigene Zerschmettertwerden konnte er nicht mehr verhindern. Richard, rief Heinrich. Ich will, daß du mir meine Güter wiedergibst und den Bann widerrufst. Komm herunter. Ende.

Noch einmal keimte Hoffnung in Richard auf. So stolz er nur konnte, ging er über die Zugbrücke, dem wartenden Cousin entgegen.

Als er vor ihm stand, Feuer im Auge und Angst im Herzen, kniete dieser plötzlich nieder. Alle waren verblüfft, am meisten Richard. Er hob ihn so schnell auf, daß jeder sah, er hatte seiner Absetzung längst zugestimmt. Ohne daß es ausgesprochen worden war, war Heinrich nun König, König Heinrich der Vierte. Alle ritten zurück nach Windsor, Heinrich voraus, Richard hinterdrein. Er saß matt auf seinem Pferd und machte nie den Versuch, einen seiner Bewacher zu bestechen oder in einen schwarzen Forst hineinzufliehen.

Im Königspalast war nichts mehr wie früher: vor Heinrich öffneten sich die Türen von selbst, und Richard wurden kaum zwei Minuten gewährt, sich von der Frau zu verabschieden, die mit ihm ein Leben verbracht hatte. Da sie aus Frankreich stammte, schickte man sie zurück nach Frankreich. Richard drehte sich nicht um, als er aus dem Zimmer ging, und der Blick seiner Frau konnte ihn nicht seiner Hölle entreißen. Sie war kein Orpheus und er keine Eurydike.

Richard, immer noch König, rief seinen Regenten, den Herzog von York, zu sich. Er gab ihm sein Zepter und die Krone und hieß ihn beides zu Heinrich tragen. Der Herzog nahm Zepter und Krone mit einem ernsten Gesicht aus des Königs Händen, aber schon vor der Kammertür lachte er. Das war noch einmal gutgegangen. Grinsend ging er die Treppe zu den großen Sälen hinunter. Heinrich, lieber Neffe, rief er unten im Thronsaal, Richard sendet dir dies Zepter und die Krone und sieht dich als seinen Erben an. Besteig den Thron, der dir gebührt. Heinrich sah lange den Onkel, das Zepter, die Krone, den Thron an, und dann sagte er: In Gottes Namen. Er setzte sich auf den samtbelegten Goldsessel und war König. Er sah über die Köpfe der Untertanen hin, die sich vor ihm neigten.

Nun wollte Heinrich nur noch eines: Richard sollte so öffentlich abdanken, daß an der Legalität seines Handstreichs kein Zweifel bestehen konnte. Er versammelte alle – Barone und Baronets, Herzöge und Herzoginnen, Bischöfe und Richter, Pairs und Pagen – im großen Thronsaal, stellte sich der Tür gegenüber auf und ließ Richard rufen. Es war totenstill, als dieser über das unendliche Parkett ging. Nur seine Schritte hallten. Endlich stand er vor Heinrich. Plötzlich fiel ihm alles entsetzlich schwer. Er war nicht mehr König, was war er jetzt? Er stierte Heinrich an und brachte keinen Laut über die Lippen, er hatte keine Beine mehr und keine Arme und kein Gesicht. Durch den Wasserschleier vor seinen Augen sah er Heinrich, der breitbeinig dastand, so wie er das in seinen Tagträumen seit seiner frühesten Jugend geübt hatte. Ihm fiel das Sprechen leicht. Als er die

Verwirrung des zu nichts geschrumpften Richard sah, ließ er ihm einen Spiegel bringen, um ihn an sich selbst zu erinnern. Richard sah hinein. Dann zerschmetterte er ihn am Boden und damit sich selber. Er dankte ab. Noch lebte er in einem Traum, aber er war am Erwachen und auf dem Weg in jene Welt, in der die, die nicht Könige sind, ihr Leben verbringen. Er wurde, jetzt nicht mehr besonders höflich, in den Tower gebracht. Ein Wärter stieß ihn in ein Verlies, das ein kleines vergittertes Fenster hatte, durch das er die Themse sah, auf der gewaltige stolze Schiffe zum Horizont fuhren.

Während Heinrich IV. sich auf seinem Thron zurechtsetzte und auszuprobieren begann, wie die junge Sonne seiner Macht Herzöge und Erzbischöfe blendete, ließ sein jäher Aufstieg Aumerle, seinen Vetter, nicht ruhen. Mit einigen Adelskumpanen plante er die Ermordung des Königs. Allerdings stellte er sich so ungeschickt an, daß ihn sein Vater und seine Mutter mit einer Pergamentrolle unterm Hemd ertappten, auf der alles haarklein stand. Bleich standen alle drei im Salon. Der alte Herzog schrie, er werde alles dem König sagen, ja, das werde er, er habe sich für die Treue seiner Familie verbürgt und nicht ein Leben lang seinen Kopf für seine Redlichkeit riskiert, um ihn jetzt für die Unredlichkeit seines Sohns abgeschlagen zu bekommen. Und überhaupt. Aumerle schrie, alles sei nicht halb so wild. Die Herzogin schrie, sie sollten nicht so schreien, man höre ja alles. Dann begann ein Husarenritt vom Yorkschen Palast nach Windsor. Alle drei ritten auf ihren besten Pferden, so schnell sie konnten. Immerhin waren es gute zwanzig Meilen. Natürlich kam Aumerle als erster an. Er rannte die Treppen zum König hinauf, der seinen erhitzten Rivalen erstaunt ansah. Auf seinen Wunsch verschloß er sogar die Tür. Aber da kam schon der greise Vater die Stufen heraufgehetzt, er trommelte gegen die Tür und brüllte, Heinrich, du hast einen Hochverräter bei dir, meinen Sohn. Heinrich öffnete schnell die Tür, und Vater und Sohn redeten nun gleichzeitig. Heinrich verzog keine Miene. Er dachte an die Möglichkeit eines Gottesurteils oder einer Verbannung, aber da kam die Herzogin in den Saal gestürzt. Sie sank vor dem König in die Knie, auch, weil sie sich nicht mehr aufrecht halten konnte. Ihre Perücke war verrutscht, und Puder lief in unschönen Schweißbahnen über ihr Gesicht. Heinrich hörte sich alles an. Dann erzählte er in einer plötzlichen Vertraulichkeit von einem mißratenen Sohn, der in den übelsten Spelunken Londons herumziehe und seine Nächte mit Damen zubringe, die nicht nur nicht von seinem Stand seien, sondern zudem meistens lägen statt ständen. Alle waren erstaunt. Es war das erste Mal, daß Heinrich, den man nie mit einer Frau gesehen hatte, von einem Sohn sprach. Wer bisher davon gewußt haben mochte, hatte kein Sterbenswörtchen gesagt. Heinrich verzieh dem schwarzen Schaf der Familie York. Er wischte sich gedankenverloren über die Stirn, bis seine Hand die Krone zu fassen bekam. Da richtete er sich auf und rief, man solle den andern Hochverrätern sofort den Kopf abschlagen. Aumerle sank in die Knie.

Noch während des Versöhnungsessens, bei dem Tonnen von Wildschweinbraten mit Pfefferminzsauce vertilgt wurden, traten, einer nach dem andern, junge Edelleute aus allen Landesteilen vor den König, die blutigen Köpfe der Verräter auf Silberplatten anmutig vor sich hertragend. Der König lächelte. Wein floß in Strömen. Alle waren gut gelaunt, Heinrich spielte am Busen einer Hofdame herum, Aumerle gab sich unklaren Tagträumen hin, und der Herzog von York erzählte mit einem schlagflußroten Gesicht Scherze aus der Zeit Wilhelms des Eroberers. Es fehlte nur noch *ein* Toter, aber niemand sprach von ihm.

Beim Nachtisch betrat ein Höfling den Saal. Hinter ihm gingen zwei Diener, die einen Sarg trugen. Strahlend, mit blutigen Händen ging er auf den König zu. Majestät, ich habe in Euren Augen gelesen, daß ich dies Werk für Euch tun sollte, rief er. Ich habe es getan. Er legte eine Hand auf den Sarg und wartete auf seine Belohnung. Wer gerade einen Bissen im Mund hatte, hielt mit dem Kauen inne, und wieder wurde es totenstill im Saal. Die Schläfen des Königs schwollen an. Er sah auf den Sarg. Spürte er Jubel in sich oder Panik? Er murmelte etwas. Er wies den Höfling mit einer Kopfbewegung aus dem Saal.

Dieser fand sich eine Stunde später auf einem Schiff wieder, das ihn dem Horizont entgegenfuhr. Hinter ihm versanken die schwarzen Türme des Tower im Wasser. Er weinte. Er irrte tränenblind auf dem Schiff umher, durch das Lachen der Matrosen hindurch, und dachte an den König, diese Sau, der jetzt auf dem Sarg Richards Polka tanzte. Er wußte nicht, daß der König, jetzt, wo seine heimischen Angelegenheiten geregelt waren, auch eine Schiffsreise plante, nach Jerusalem, das er den Heiden entreißen wollte, wie vor und nach ihm viele Könige.

AUGENWEIDE

KÖNIG HEINRICH IV.

I. Teil

Es ist gut – oder ist es entsetzlich? –, daß niemand seine Zukunft kennt. Als Heinrich damals auf den Klippen von Dover gestanden und über das Land geblickt hatte, das er erobern wollte, hatte er gedacht, er werde es nie schaffen. Er schaffte es. Die Sonne schien. Die Bewohner von Canterbury und London empfingen ihn mit Obstkörben. Wildfremde Herzoginnen fielen ihm um den Hals. Ihre Männer traten demütig einen Schritt beiseite. Kinder rannten hinter ihm drein, weil sie hofften, daß Brot oder Gold von seinem Streitwagen fiele. König Richard II. selber hielt ihm die Krone hin, ehe er die Hand danach ausgestreckt hatte. Er lag tot im Tower, bevor Heinrich bemerkt hatte, daß er seinen Daumen immer öfter nach unten hielt. Es war so etwas wie ein Traum.

Zwei, drei Jahre lang ging Heinrich IV. dann mit seiner Krone von Spiegel zu Spiegel. Er beauftragte Maler, ihn auf Schlachtrössern, in nebligen Landschaften oder vor den Toren Jerusalems zu malen. Er zerbiß Wildschweinknochen und hüpfte über die Fliesen der Korridore. Er schoß mit Pfeilen auf Hirsche und legte Schlingen nach Fasanen aus. Er sah zu, wie im Innenhof des Palasts Wegelagerer und ungetreue Kuriere gehängt wurden. Er beriet sich mit Schatz- und Zeremonienmeistern. Er spuckte Hofdamen Kirschenkerne zwischen die Brüste und lachte schallend. Er stand oft vor einem Kartentisch, der die Welt von damals abbildete. Er schloß dann die Augen und tippte mit dem Zeigefinger auf irgendeine Stelle. Die wollte er erobern, Sizilien oder den Kaukasus oder das Tote Meer. Es war eine gute Zeit. Sie dauerte bis etwa ins Jahr 1402 hinein. Dann fiel ihm auf, daß die, die ihn auf ihren Schultern getragen hatten, längst wieder bei ihren Bauern den Zehnten eintrieben, ohne ein Körnchen nach London zu schicken. Er begann zu ahnen, daß das Sprichwort log. Auch zu seiner Zeit mußten die Bauern, die im Frühling luftige Samen über die Äcker streuten, im Herbst tonnenschwere Rüben heimschleppen. Auch damals mußten die Liebhaber, die eine Frau am Abend im Sturmschritt in ihre Kammer hinaufgetragen hatten, ihr am Morgen versprechen, dies nie mehr mit einer andern zu tun. Auch früher lernten die Muttermörder die Erinnyen erst kennen, wenn sie ihre Tat ausgeführt hatten. Der Anfang war nicht schwer; schwer war, was auf ihn folgte.

König Heinrich IV. wurde immer stiller. Aus jedem dunkeln Winkel schauten ihn jetzt die Augen seiner Opfer an. Er ging immer seltener bis ans andere Ende des Palasts, und wenn, dann schaute er um die Ecken und ging nahe an der Mauer. Wenn es klopfte, sprang er auf und rief: Wer da? Er hatte keine Frau und keine Freundin und sprach nie mit seinem Sohn. Er dachte immer seltener an die flirrende Luft, aus der sich die Türme Jerusalems erhoben. Es fiel ihm auf, daß die Höflinge verstummten, wenn er in ein Zimmer kam. Wovon sprachen sie? Heinrich war zwar König, aber er konnte nicht vergessen, wie er es geworden war.

Er stand nun oft allein am Fenster seines Schlafzimmers und sah in den Regen hinaus, über Schindeldächer, die Themse, Lagerschuppen und Krane am Hafen, Krankenhäuser, über denen noch der Geruch der letzten Pest lag, den Tower und die fernen Häuser von Eastcheap, da wo das feste Land langsam zum Wasser wurde und man von manchem Haus nicht sagen konnte, ob es noch stand oder schon schwamm. Wer dort lebte, konnte sich trockene Füße nicht leisten, und wenn jemand von den in den Morast gelegten Stegen abkam, wurde er von der Erde verschlungen. Dort schleppten Männer und Frauen sechzehn Stunden pro Tag Säcke und Fässer, und dann saßen sie todmüde in einer der zehntausend Kneipen, jede eine Heimat der Armen. Wenn sie Geld hatten, aßen sie Brotsuppen oder Rüben mit Schmalz. Hatten sie keines, saßen sie still da und warteten darauf, daß ein Gast eine Lokalrunde schmiß, weil er einem reichen Handelsmann, der in seiner Gegenwart in den Morast gefallen war, zufällig natürlich, beim Aufheben seiner Goldschatulle hatte behilflich sein dürfen. Dann war in so einem Lokal die Hölle los. Die Freunde des so plötzlich reich gewordenen Gastgebers drängelten sich vor der Theke, und sogar die Spitzel der Polizei soffen sich zuerst einen an. Junge Frauen, die tagsüber in der Themse Wäsche gewaschen und traurige Lieder gesungen hatten, sprangen auf die Tische und tanzten wilde Tänze. Die Männer saßen mit offenen Mäulern auf den Bänken und starrten nach oben. Sie brüllten und sangen. Greise mit blauen Gesichtern hoben ihre Bierkrüge zum Himmel und stürzten tot unter die Tische. Die Luft war voller Qualm und Rauch. Alte Frauen aßen Suppen mit Schaffleischbrocken drin. Die jungen Frauen auf den Tischen, wenn sie naßgeschwitzt waren, warfen sich plötzlich über Männer, deren Augen sie während des Tanzens liebgewonnen hatten. Sie schmiegten sich an sie und küßten sie. Die Männer spürten ihre Hitze. Unter den bauschigen Röcken der Frauen liebten sie sich inmitten der tobenden Menschenmasse. Jeder hatte sowieso mit sich selber zu tun. Erschöpft hingen die Geliebten dann ineinander, und erst dann sahen die jungen Frauen die toten Greise unter den Tischen. Sie warfen sich weinend über sie. So stellte König Heinrich sich das vor.

Er war nicht der Ansicht, daß in seinem Land jeder Mensch ein Anrecht darauf habe, zu leben wie ein Mensch. Nicht einmal die Armen selbst dachten das. Heinrich stand nicht ihretwegen am Fenster, sondern weil er seinem Sohn nachsah, der fast täglich aus dem Palast schlich und sich in den Gassen Eastcheaps verlor. Was tat er dort die ganze Nacht? Der König beneidete seinen Sohn ein bißchen, und er war wütend über ihn. Er hatte für ihn den Thron Englands erobert, er hatte in den letzten zwei Jahren Dutzende von Verdächtigen umgebracht, und das war nun der Dank.

Tatsächlich glaubte der Prinz – auch er hieß Heinrich – allen Ernstes, daß sein Herz für das einfache Leben schlage und daß er über die Verführungen der Macht lache. Er saß unter Wegelagerern und dachte, er sei selber einer. Er ließ sich von Frauen küssen und dachte, er sei ein liebenswerter Mensch. Er war so jung, daß er keinen Bart hatte. Er meinte, seine Freunde seien aus reinem Spaß Diebe und seine Freundinnen gäben sich aus purer Lebenslust fremden Männern hin, und die Not sei ihr Lebensziel. Wenn einer seiner Kumpane von der Polizei weggeschleppt wurde, dachte er, bevor *er* an den Galgen müsse, könne er ja noch immer König werden. Er glaubte, alles gleichzeitig zu können: Räuber zu sein und Gendarm, arm und reich, ehrlich und durchtrieben, ein guter Sohn und ein Spötter des königlichen Rechts.

Er hatte, weil er immer Geld in der Tasche trug, viele Freunde, aber sein bester Freund war ein Herr Falstaff, ein Ritter in Lumpen, der zu keinem Roastbeef in Pfefferminzsauce nein sagen konnte und dem man das auch ansah, dem man aber nicht ansah, woher er das Geld nahm, mit dem er die Roastbeefs bezahlte, falls er sie bezahlte. Er hatte drei Gehilfen: der erste war alterslos und hatte ein burgunderrotes Gesicht mit einer violetten Nase, Gott weiß, wovon. Der zweite war riesengroß und hatte ein Gesicht wie ein wieherndes Rentier. Der dritte war sonst irgendwie aus den Fugen. Alle drei stanken. Niemand wußte, fast niemand, wozu Herr Falstaff, der nur roch, diese drei Männer mit sich herumschleppte. Man munkelte, die drei hätten ein gutes Auge für alles, was nicht niet- und nagelfest war. Man munkelte auch, Herr Falstaff habe zwei Augen, die er gegen eine prozentuale Beteiligung zudrücke, und öfter als oft schwinge er auch selber den Säbel gegen Postkutscher und Kuriere des Königs. Er hoffte immer wieder, diese könnten es einfach nicht glauben, von einem Faß überfallen worden zu sein.

So stand, ein paar kurze Jahre lang, die Zeit in England still. Nichts geschah. Der König schaute zum Fenster hinaus. Sein Sohn hockte in den Wirtshäusern. Die Bauern atmeten leise. Die Räuber raubten nachts. Die Barone rodeten Wälder, und die Herzöge trafen sich in Kellergewölben. König Heinrich wußte von niemandem, wer was tat. Wo waren die Freunde von früher hin? Glendower zum Beispiel, der die Sprache des Teufels verstand und mit magischen Wörtern Orkane auslösen konnte, saß in seiner Trutzburg in Wales und tat so, als habe er sein Englisch verlernt. Mortimer, der kein Wort Walisisch konnte, ging Tag und Nacht mit Glendowers Tochter, die kein Wort Englisch konnte, spazieren. Percy, mit seinem Gemüt aus Schießpulver, kämpfte gegen rebellierende Schotten und besiegte sie ständig und ließ sie immer wieder laufen. Northumberland, Percys Vater, beantwortete die Botschaften des Königs mit Knurrlauten. Im Süden schoren die Lehnsherren wortlos ihre Schafe. Heinrich saß über der Karte Englands, steckte Fähnchen hinein und überlegte sich, ob das, was sich im Nebel seines Landes tat, Schlamperei war oder Rebellion. Die Birkenblätter im Garten bewegten sich kaum mehr. Jeder spürte die Ruhe vor dem Sturm. Niemand wagte mehr zu atmen. Jeder wollte noch einen Morgen im eigenen Bett erleben.

Aber dann, an einem Maimorgen, fühlte sich Percy stark genug, den König aus dem Sattel zu heben. Mit einem Heer schimmernder Ritter zog er aus dem Norden in die Midlands. Die Bauern, durch deren Dörfer er kam, jubelten ihm schrekkensbleich zu. Rotten von hungrigen Kindern zogen hinter ihm drein. Die Kundschafter Heinrichs, die auf hohe Bäume kletterten, um die Truppenbewegungen besser zu übersehen, berichteten, Percys Heer wälze sich wie ein Strom durch die Täler. Alle Schotten seien zu ihm gestoßen. In Wales versammle Glendower sein ganzes Volk. In Northumberland stünden Tausende von Rittern bereit. Der Erzbischof von York predige von der Kanzel, Heinrich habe versprochen, nie König zu werden, und überhaupt stehe er in der legalen Thronfolge auf Platz 57 und maße sich einen Titel an, der dem edlen Mortimer zustehe. Auch dieser marschiere mit Fahnen und Kriegshörnern nach Süden. Worcester komme aus Worcester. Wenn Heinrich auf seiner Karte die Marschrichtungen der Heere verlängerte, kreuzten sich seine Striche in der Ebene von Shrewsbury an den Ufern des lieblichen Severn. Er dankte seinen Spionen. Er hatte Mühe, seine zitternden Hände vor ihnen zu verbergen. Er wußte, wie leicht es war, einen König zu stürzen. Er dachte, er habe nichts anderes verdient.

Weil er drauf und dran war, Percy seine Krone zu schicken, ließ er seinen Sohn rufen, obwohl er zuweilen auch dachte, dieser könnte mit den Rebellen gemeinsame Sache machen. Nur, er hatte sonst niemanden. Prinz Heinrich war jedoch gerade wieder auf einer Kneipenrunde. Er war in ganz England der einzige, der von dem Unglück, das sich über dem Königshaus zusammenbraute, nichts bemerkt hatte. Er saß ahnungslos in seiner Stammkneipe und sagte gerade zu seinem rentiergesichtigen Freund: Du, ich habe Falstaff versprochen, an einem Überfall auf einen königlichen Geldtransport teilzunehmen. Einmal ist keinmal, du weißt ja. Jetzt habe ich aber den Plan, daß, kaum ist unser Hold-up geglückt, wir zwei uns verkleiden, wie Nikoläuse, und Falstaff die ganze Beute wieder abnehmen. Und dann sitzen wir hier in der Kneipe und hören uns an, wie Falstaff begründen wird, daß ihm sein unrecht Gut, kaum gewonnen, schon wieder zerronnen ist. Haha! Wird das nicht lustig werden? Prinz Heinrich sah seinen Freund strahlend an, und dieser verzog sein Gesicht zu einem Wiehern.

Unterdessen suchten ganze Polizeihundertschaften den jungen Heinrich. Aber wie sollten sie ihn finden? Er trug eine Maske und trat, mit einem Schwert fuchtelnd, ohne seine adelige Technik erkennen zu lassen, Falstaff entgegen. Geld her, rief er mit verstellter Stimme, oder Blut. Natürlich floh Falstaff wie ein Elefant durchs Unterholz, denn nichts auf dieser Erde fürchtete er mehr als den Tod. Heinrich und der Rentiergesichtige gingen mit der Beute in die Kneipe zurück. Dort saßen sie, schon einigermaßen besoffen, als Falstaff kleinlaut zurückkam und ihnen berichtete, er sei einer Übermacht von tausend Teufeln zum Opfer gefallen. Einige hundert habe er gefällt, aber auch er sei nur ein Mensch. Prinz Heinrich und der Rentiergesichtige hielten sich die Bäuche vor Lachen. Sie wiesen auf die Geldsäcke, die unter dem Tisch lagen. Falstaff wurde rot und weiß, es war ihm schon ein bißchen peinlich, aber da polterte es an der Tür, und die Polizei war da. Falstaff verdrückte sich in den Geschirrschrank. Er hatte das Unglück, der einzige dicke Halunke Englands zu sein. Das erleichterte den Kriminalern die Fahndung jeweils so ungemein, daß kaum je eines ihrer Aktenzeichen ungelöst blieb. Jetzt jedoch hatten sie Wichtigeres zu tun. Der Prinz mußte sofort zu seinem Vater. Es war Krieg.

Endlich spürte auch der Prinz, daß die Krone am Davonschwimmen war. Gemeinsam begannen Vater und Sohn alle Truppen auszuheben, deren sie habhaft werden konnten. Die Werber drangen in Köhlerhütten, Einsiedeleien und Krankenhäuser. Wie verzweifelt die Lage war, konnten die Untertanen daran ermessen, daß Prinz Heinrich sogar Falstaff damit beauftragte, kampffähige Männer unters königliche Banner zu zwingen. Falstaff tat, was er konnte, was *er* konnte: er erklärte die für kriegsdienstuntauglich, die ihm einen dicken Beutel voll Goldpfunden in die Hand drückten, und aus den andern bildete er ein Heer, das von einem Hirtenhund in die Flucht gejagt werden konnte. Immerhin marschierte er mit seinen sterblichen Männern nach Shrewsbury, wie alle andern. Dort waren schon alle Höhenzüge voll mit glitzernden Rüstungen und blinkenden Schwertern, und die Hasen flohen in die Wälder. Falstaff nahm sich vor, den Krieg, gehe er aus, wie er wolle, unangestochen zu überleben. Nachdenklich stand er an einem Waldrand und sah zu den fernen Zelten des Feinds hinüber und dachte, daß ein Körper wie seiner von einem Armbrustschützen sehr leicht zu treffen sei.

Da, wo Falstaff hinblickte, stand Percy mit einem steinernen Gesicht vor seinem Zelt. Glendower, ein Trumpf-As in seinem Spiel, hatte einen Boten geschickt, er sei krank geworden und mit ihm sein ganzes Volk. Und warum? Ein stürzender Komet hatte ihm angedeutet, daß der Aufstand scheitern werde. Pah, rief Percy. Hosenscheißer. Mit dem Fuß zeichnete er eine neue Karte Englands in den Dreck. Er leitete Flüsse um und verschob Wälder. Sein Anteil wurde immer größer.

Die Nacht war, wie alle Nächte vor Schlachten, unendlich lang. Der Mond kroch über den Himmel. Die Soldaten lagen neben den Feuern und taten, als ob sie schliefen, aber sie waren wach und dachten an ihre Frauen, deren warme Brüste sie nie mehr spüren würden. Endlich sangen die ersten Amseln, und die Schlachthörner ertönten. Die Heere zogen über einen großen Acker aufeinander zu, mit ihren eisernen Füßen Runkelrüben und Weißkohlköpfe zertretend. Sie krachten ineinander. Funken stoben. Pferde wieherten. Männer schrieen. Trompeten bliesen. Percy spaltete einem Feind nach dem andern den Schädel. Aber auch Prinz Heinrich hinterließ eine triumphale Blutspur, wo immer er focht. Sogar der König wagte sich von seinem Hügel herab und griff einen versprengten Schotten an, aber es war gut, daß sein Sohn diesem den zum Todesschlag erhobenen Arm vom Rumpf trennte. Vater und Sohn umarmten sich. Da stürmte Percy herbei. Prinz Heinrich drehte sich um und rammte ihm sein Schwert in den Bauch, als sei er ein gewöhnlicher Landsknecht. Percy stürzte tot über Falstaff, der mit geschlossenen Augen unbeweglich dalag, weil er dachte, eine Schlacht sei bei den Toten am leichtesten zu überleben. Erst am Abend, als der Schlachtlärm verklungen war, stand er stöhnend auf, sah, wer ihm da auf dem Magen gelegen hatte, lud ihn sich auf die Schultern und machte sich mit seiner Beute zum Königszelt auf. Er erhoffte sich für den toten Percy ein kleineres Baronenschloß. Heinrich, Vater und Sohn, übersahen ihn. Sie blickten über den blutroten Acker, der von toten Landsleuten übersät war. Ihre besten Freunde lagen hier. Sie legten die Arme umeinander und lachten. Der Vater hatte zum ersten Mal in seinem Leben das Gefühl, daß seine Krone gottgewollt war, und der Sohn, daß er ein Mann von Adel sei. Es war schön, zu siegen.

Auch wenn der Krieg noch nicht gewonnen war, hatte er doch gezeigt, daß die Geschichte sich nicht wiederholt. Jetzt mußte nur noch Northumberlands Heer geschlagen werden, und das Glendowers.

KÖNIG HEINRICH IV.

2. Teil

Heinrich IV. war ein König gewordener Rebell, der lebenslang gegen Rebellen kämpfte, die Könige werden wollten. Er erkannte sie an ihren zusammengebissenen Kinnladen, an ihren Blicken, an einem warnenden Gefühl in sich. Er schonte keinen und verbrachte Monate auf Kriegszügen. Unvermutet erschien er vor den entlegensten Burgen und schlug dem Burgherrn den Schädel ein. Seine Faust blieb blutrot. Aber immer wieder tauchten neue Rebellen aus den Mooren auf, Herzöge und Barone, die, statt in ihren Dörfern, in der Hauptstadt herrschen wollten. Die Bauern, die ihnen dabei helfen mußten, fanden keine Ruhe mehr. Sie zogen durchs Land und zündeten königliche Burgen und Getreidefelder an, schändeten Frauen, die der Krone treu waren, schlachteten die Schafe des Hofes und hetzten die Kuriere des Herrschers mit Bluthunden in Sümpfe. Und umgekehrt. Zwischen den Schlachten bauten Herren und Knechte ihre Burgen und Strohhütten wieder auf, immer nachlässiger. In verkohlten Trümmern saßen Frauen und Kinder und warteten auf Männer, die nie kamen. Sie fragten vorbeimarschierende Soldaten aus, humpelnde zwanzigjährige Greise, die selber nicht ein und aus wußten. Niemand mehr wußte, was vor sich ging. Wer ein Bein oder ein Auge behalten hatte und vom Wundfieber verschont geblieben war, kam sich wie ein Sieger vor. Das Land war so groß, daß eine Niederlage im Süden im Norden als Sieg gefeiert wurde und daß im Osten Heerführer gefeiert wurden, die im Westen längst verscharrt waren. Kreuz und quer durchs Land ritten Boten. Sie reicherten das wenige, was sie gesehen, mit dem vielen an, das sie gehört hatten. Mit dem Wind eines günstigen Gerüchts im Rücken konnte man Schlachten gewinnen.

So war die Schlacht von Shrewsbury für den machtlüsternen Hochadel zu einer entsetzlichen Niederlage geworden – Percy tot, Douglas tot, 20000 Bauern tot –, aber im Norden oben, in der Burg Werkworth, gegen deren Mauern das Wasser des Kanals klatschte, wußte Northumberland lange Wochen nicht, welchem der vielen Meldereiter er nun glauben sollte. Er sah sie alle mißtrauisch an, wie sie dastanden, verhungerte Vogelscheuchen mit vielfarbigen Erzählungen, alle gierig auf eine Belohnung. War sein Sohn wirklich tot? Schickte König Heinrich tatsächlich ein Heer gegen ihn, so weit in die Sümpfe hinauf? Und was sollte er jetzt mit seiner Frau tun, die schrie, sie wollten beide in die Antarktis fliehen und ein neues Leben zu zweit beginnen, und was mit Kate, Percys Frau, die ihn anbrüllte, er sei ein Schlappschwanz und das Gegenteil von ihrem Gatten, den sie nun ewig missen müsse? Er entlöhnte alle Boten gleichmäßig und vertröstete die Frauen. Unschlüssig sah er von seinen Burgzinnen herab, aber da sah er nur das graue Meer und grüne Moose und den Rauch ferner Hirtenfeuer, und am Himmel Wolken, in denen er je nachdem feuerspeiende Drachen oder Totenköpfe erkannte. Er seufzte. Er war alt. Für einmal war er froh, daß er am äußersten Rand der zivilisierten Welt lebte. Nördlich von ihm waren nur noch Schotten.

Viele Meilen weiter südlich, in Yorkshire, warteten indessen die übriggebliebenen Rebellen auf ihn und sein Heer. Sie waren längst wieder guter Dinge, sie lebten ja noch, und Percy war doch ein recht machtlüsterner Rivale gewesen. Sie hatten gehört, König Heinrich habe sein Heer in drei Teile teilen müssen. Mit dem ersten Haufen sei er nach Wales gezogen, um Glendower zu bekämpfen, mit dem zweiten sei er unterwegs nach Northumberland, und der dritte wehre sich gegen eindringende Franzosen. Sie sahen sich an und lachten. Sie sahen einen breiten unbewehrten Weg vor sich, der direkt zum Thron führte. Sie tranken einen auf ihren Sieg, und der Erzbischof von York fand viele göttliche Argumente, wie sie dem König die Hölle heiß machen konnten. Sie wußten nicht, daß in Wirklichkeit Glendower im Sterben lag, Northumberland seine Koffer packte, um zu den Schotten ins Exil zu gehen, und die Franzosen keinen Gedanken an die ferne Insel im Atlantik verschwendeten.

Jedermann sonst in England hatte genug vom Krieg. Falstaff zum Beispiel wanderte mit düsteren Gedanken von Shrewsbury nach Eastcheap, und seine Schritte wurden immer langsamer. Das Geld, das er beim Ausheben kriegsunwilliger Bauern und Bürger verdient hatte, war längst ausgegeben, bei Bier, Frauen und Singen. Er kannte keinen Menschen, den er nicht mehrmals angepumpt hatte. Er war so verzweifelt, daß er den Oberrichter, der ihm bei den ersten Häusern Eastcheaps begegnete und ihm sofort wegen einigen längst verjährten Geldgeschichten ins Gewissen redete, um einen kleineren Kredit bat. Ja, er traute sich kaum in den Gasthof hinein, denn da lagen Doll, seine früher so zärtliche Doll, und die Wirtin zähnefletschend auf der Lauer. Doll erwartete ein Kind, das, falls es ein dickes würde, seines sein mochte. Und der

Wirtin hatte er in einer schwachen Minute die Ehe versprochen, weil sie wie eine Mutter war und ein Sparschwein hatte. Jetzt war das Sparschwein leer und die Wirtin immer noch Braut und so wütend, daß sie ihren Liebsten bei der Polizei angezeigt hatte. Falstaff, als er endlich in die Gaststube trat und überall Polizisten sah, brauchte viele Beschwörungen, Tränen, Scherze und Kosegriffe, um die Wirtin von der Seite des Rechts auf seine zu bringen. Endlich küßten sie sich wieder, und Doll war nicht eifersüchtig, und die Polizisten zogen ab.

Auch Prinz Heinrich war, zusammen mit einem der Freunde aus der Gasthofzeit, den ganzen weiten Weg von Shrewsbury nach London zu Fuß gegangen. Jetzt war er kein strahlender Held mehr, er war wieder der kleine Bub, als der er aufgebrochen war, er fror, die Füße taten ihm weh, und die Tränen standen ihm zuvorderst. Ach je. Er war bereit, seinen Anspruch auf die Krone für ein Bier herzugeben. Zudem hatte er gehört, es gehe seinem Vater schlecht. Er rede, mitten in all dem innenpolitischen Wirrwarr, wieder davon, Jerusalem zu erobern. Der Prinz blieb stehen und sah seinen Freund an. Mein Leben wird nicht mehr lange aus lustigen Bocksprüngen bestehen, sagte er zu ihm. Komm, wir lassen ein letztes Mal die Sau ab. Der Freund nickte. Einmal mehr kamen sie, wie Nikoläuse verkleidet, in den Gasthof, aber diesmal erkannte Falstaff sie sofort. Nun, das war ja auch egal. Der Prinz riß den falschen Bart weg und trank sich einen letzten Rausch an, und Falstaff und alle andern halfen ihm dabei. Dann stand er schwankend auf und sagte, Leute, das Leben ist traurig, es herrscht schon wieder Krieg. Ich bin der Prinz und mein Vater liegt im Sterben und ich muß heim. Du, lieber Falstaff – Falstaff hob seinen roten Kopf von Dolls Busen –, mußt gen Nordosten, wo die Heere der Rebellen stehen, Soldaten werben. Du weißt schon. Auf! Falstaff erhob sich. Er schnaufte und wankte. Gerade hatte Doll ihm ins Ohr geflüstert, jetzt gleich, gleich nachher, könnten sie die Feuer ihrer gemeinsamen Leidenschaft ineinander ergießen. Falstaff gab Doll einen Kuß und der Wirtin einen, dann stiefelte er hinter dem Prinzen drein in die feuchte Nacht. Während er durch schwarze Hohlwege schritt, tröstete er sich bei dem Gedanken, daß beim Rekrutieren sein Geldbeutel anschwellen würde wie sein Bauch.

Der Prinz eilte in den Palast, wo der König in einem Nachthemd schlaflos auf und ab ging. Die Gerüchte, die jeder zum besten gab, vermischten sich in seinem Kopf mit den Traumbildern seiner Schuld. Er sah gewaltige Heere grausamer Nordmänner seine Städte überschwemmen, immer näher kommend, bis sie ans Tor pochten. Als Prinz Heinrich an die Schlafzimmertür klopfte, erschrak der König entsetzlich. Er schickte seinen Sohn sofort an der Spitze eines Heers in die Nacht, die Mahre abzufangen.

Natürlich waren es nicht nur Nachtgespenster. Die Rebellen hatten immerhin 30000 Mann zusammengebracht, bleiche Köhlerbuben und wortkarge Greise und die Überlebenden von Shrewsbury, die die anfeuernden Reden der Generale alle schon einmal gehört hatten. Prinz Heinrich hielt sich eher an die alte Devise der englischen Könige, *never change a winning team*, trotzdem war ihm jeder neue Mann recht, den Falstaff aushob. Er sah nicht allzu genau hin, denn damals ging es den meisten Bauern so elend, daß sie sich nicht länger als zehn Minuten aufrecht halten konnten. Die, die genug zu essen hatten, hatten auch genug Geld, sich freizukaufen. So kam es, daß die Dicken munter im Moos saßen, während die Hagern, ihren Speeren ähnlich, immer erneut Schlachtreihen bildeten wegen einer Krone, die auf jedem Kopf genau gleich aussah.

Allen Soldaten hing der Krieg zum Hals heraus, und sogar die Anführer versuchten, zu einer gütlichen Regelung zu kommen. Mehrmals trafen sich zwischen den Linien Parlamentäre. Aber sie wurden sich nicht einig und redeten, mit ihren weißen Fahnen in der Hand, immer erbitterter aufeinander ein. Eine Lösung fand sich erst, als völlig unvermutet Prinz Johann, ein jüngerer Bruder Heinrichs, aus dem Dunkel der königlichen Familie auftauchte. Auch von ihm hatte König Heinrich nie geredet. Plötzlich stand er da und nahm alle Forderungen der Rebellen an, unter der einzigen Bedingung, daß sofort Friede herrsche und die Heere aufgelöst würden. Die Rebellen sahen sich verblüfft an, dann unterschrieben sie den Waffenstillstandsvertrag. Sie lösten ihr Heer auf, und die Soldaten zogen Arm in Arm über die Hügel davon, glücklich wie noch nie. Die rebellierenden Herzöge und Prinz Johann sahen ihnen gemeinsam nach, bis der letzte hinter einer Hügelkuppe verschwunden war. Dann änderte Johann den Ton. Sein Heer lag noch immer waffenstrotzend im Unterholz. Er klagte die Rebellen des Hochverrats an. Die Köpfe wurden ihnen auf einen Baumstumpf gedrückt, Schwerter sausten in ihre Hälse, und sie waren tot. Das war das Ende der Kriege zwischen Adel und Krone.

Nur Falstaff hatte nicht bemerkt, daß die Heere gar nicht kämpften, und focht in einem einsamen Forst mit einem versprengten Feind, der sich sofort ergab. So machte Falstaff, ein Feind des Vergießens von Blut, besonders des eigenen, den einzigen Gefangenen eines Krieges, der gar nicht stattgefunden hatte.

Unterdessen stand König Heinrich IV. noch immer in seinem Nachthemd in seinem Schlafzimmer und sah noch immer in den schwarzen Nieselregen hinaus. Die rächenden Traumschatten standen nun fast körperlich vor seinem Fenster. Wer im Palast auch nur wie ein Bote aussah, mußte zu ihm hinauf und ihm berichten. Er hörte zitternd zu. Endlich, endlich kamen die Kämpfer selbst auf ihren stolzen Rossen in den Hof galoppiert. Sie schüttelten triumphierend die Fäuste, gingen breitbeinig über die Pflastersteine und zogen mit ihrem donnernden Lachen einen Schweif kichernder Hofdamen hinter sich drein. Sie traten in das Zimmer des Königs, der unrasiert, mit bloßen Füßen, auf seinen Kissen saß. He, König, riefen sie, wir sind die Sieger, du bist der Größte. Die Rebellen sind einen Kopf kürzer. Na? Die königlichen Heerführer standen waffenklirrend da und sahen ihren Herrn an. Dieser starrte zurück. Er konnte sich nicht erklären, warum ihn die herrliche Nachricht nicht glücklich machte. Er fiel in Ohnmacht.

In diesem Augenblick kam Prinz Heinrich ins Zimmer, und die ratlosen Höflinge waren froh, daß sie sich zurückziehen konnten, in einen Vorraum, wo jeder eine Hofdame auf die Knie nahm und ihr erklärte, wie er wie viele Feinde aufgespießt hatte. Prinz Heinrich setzte sich ans Bett, auf dem sein Vater lag wie tot. Er sah ihn lange an. Der Vater sah unglücklich aus, wie ein uralter Löwe in einer Falle, aus der es keinen Ausweg gab. Seine Krone lag halb auf seinem Kopf, halb auf dem Kissen. Heinrich hob sie vorsichtig auf. Er fühlte ihr kühles Gold und spürte ihr Gewicht. Langsam hob er sie hoch und setzte sie sich auf den Kopf. Hm. Er stand auf und ging hin und her. Mit der Zeit wurde sein Hals weniger steif, und er ging sicherer und schneller. Er grinste. So fühlte sich eine Krone also an. Sein Vater hatte sie gestohlen, er aber erbte sie. Er wollte wissen, wie sein gekröntes Haupt aussah, und ging ins Nebenzimmer, wo ein großer Wandspiegel stand.

Der König wachte auf und sah, daß er allein war. Er fühlte sich elend. Wimmernd zog er an einer Klingel, und die erschrockenen Adligen kamen herbeigestürzt. Niemand hat mich lieb, rief er, warum laßt ihr mich allein? Da kam Prinz Heinrich zur Tür herein, mit der Krone auf dem Kopf. Das war zuviel. Der König starrte seinen Sohn entsetzt an und schrie, kannst du nicht warten, bis ich tot bin? Dann starb er. Er starb nicht in Jeru-

KÖNIG MIT GEFOLGE

salem – und doch, denn einer alten Tradition zufolge hieß das Zimmer, in dem er lag, wie die Stadt, die er den Juden und Moslems hatte entreißen wollen, damit sie ein Zentrum der Christenheit werde.

Prinz Heinrich war nun König Heinrich v. Er ging im Sterbezimmer seines Vaters auf und ab und sah auf all die Adligen, die gerade eben noch für ihren nun toten König durchs Feuer gegangen waren. Sie fühlten sich unwohl. Die meisten hielten nichts von dem ganzen Lancasterpack. Heinrich v. sah sie lange schweigend an. Er hatte die Hände auf dem Rücken verschränkt und ging wie ein König. Dann sagte er, er rechne mit ihrer Loyalität, so wie sie mit seiner rechnen könnten. Hier sei nicht der türkische Hof, sondern der englische. Sie gingen auseinander. Es ist nicht anzunehmen, daß sie einander glaubten. Heinrich ging, ohne noch einen Blick auf den toten Vater zu werfen, aus dem Zimmer, die Treppe hinauf, in den Thronsaal. Als er die Krone aufs Fensterbrett legte, fiel sein Blick auf die Dächer der Häuser von Eastcheap. Schon hatte er vergessen, daß er dort einmal glücklich gewesen war.

Bei Falstaff und seinen Freunden schlug die Nachricht von der neuen Würde ihres Saufkumpans wie eine Bombe ein. Falstaff war überzeugt, ein gemachter Mann zu sein. Er tanzte verzückt im Gastraum herum und versprach jedem, der gerade da war und ein Bier trank, ein hohes Staatsamt. Er machte Schnapsleichen zu Ministern und Frauen, unter deren Händen jede Fünf gerade wurde, zu Richtern. Alle nahmen einen gewaltigen Vorschuß auf das künftige Glück, und das Haus erbebte bis zum frühen Morgen in seinen Grundfesten. Dann machte sich Falstaff auf, um rechtzeitig vor der Westminsterabbey zu stehen, wenn Heinrich v. frisch gekrönt herauskäme. Er wollte demütig dastehen und ihm zuzwinkern. Egal, wenn die Nacht Spuren auf Gesicht und Kleidung hinterlassen hatte. Heinrich würde sein Pferd anhalten, sich zu ihm niederbeugen und sagen: Falstaff, altes Haus, schön, daß du auch da bist. Such dir ein Schloß in Cornwall aus.

In der Tat hielt Heinrich v. sein Pferd an, als er, von hunderttausend glücklichen Engländern bejubelt, frisch gekrönt aus der Westminsterabbey kam. Er beugte sich zu Falstaff nieder, der demütig dastand und zwinkerte. Aber er sagte etwas anderes. Ich bin aus meinem Traum aufgewacht, sagte er. Ich bin ein neuer Mensch. Er verbannte Falstaff, bei Todesstrafe, aus seinem Gesichtskreis. Dieser wurde von zwei Polizisten weggeschleppt. Er sah verblüfft seinem ehemaligen Freund nach, wie er durch die jubelnden Menschenmassen ritt. Er konnte es nicht glauben, obwohl sein ganzes Leben ihn gelehrt hatte, daß es das Schicksal des Menschen ist, von einem Fettnapf in den andern zu treten.

KÖNIG HEINRICH V.

Heinrich v. bescherte sich und seinen Untertanen einige friedliche Jahre: die rebellierenden Adligen waren tot, sein Anspruch auf die Krone war unbestritten, seine Truppen kontrollierten die Handelswege, die Bauern bestellten zum ersten Mal in diesem Jahrhundert vertrauensvoll die Felder, und die Schäfer standen endlich wieder mit jener Ruhe, die in Generationen denkt, neben ihren Herden. Eine milde Sonne schien über sie, und gemeinsam mit ihren Schafen rückten sie einem Horizont näher, an dem sie nicht interessierte, was er verbarg. Aber die Kräfte, die einen Herrscher bewegen, sind nicht die der Schäfer, und so zog es Heinrich v., dem die Ruhe im Palast weh tat, immer öfter vor den Kartentisch seines Vaters. Aber er tippte nicht wie dieser mit blinden Augen auf irgendeine Stelle der Erde – das Tote Meer, den Kaukasus, Sizilien –, sondern er starrte unverwandt auf Frankreich, das ferne nahe Frankreich, mit dem seit Jahren ein Krieg schwelte, den alle beinah wieder vergessen hatten. Er nicht. Er haßte den Kontinent, auf dem immer die Sonne schien. Auf dem Gecken lebten, die mit zierlicher Leichtigkeit von der Liebe sprachen und sie zierlich und leicht ausübten. Wo die Bauern in Reimen sprachen. Wo die Kühe Menuette tanzten. Wo der König mit einer Gabel aus einem eigenen Teller aß. Wo die Kaufleute sich ihrer *civilisation* rühmten. Pah. Heinrichs Art war es, klobig herumzugehen und zu sagen, was er dachte. Sein Jagdhund war einem französischen weit überlegen. Ihm schmeckten Rüben besser als Artischocken. Und dann, wie lange würden seine Adligen in ihren Dörfern stillehalten? Besser, er versprach ihnen eine Taube auf dem Dach, bevor sie merkten, daß er noch immer ein Sperling in ihren Händen war.

Seitdem er keine Kneipen mehr besuchte, saß er am liebsten mit Erzbischöfen und Oberrichtern zusammen. Er streckte seine Beine gegen das lodernde Kaminfeuer aus, hielt eine Karte von Frankreich auf seinen Knien und ließ sich erklären, daß er sehr wohl einen Anspruch auf die französische Krone habe. Der Stamm seines Ahnenbaums wachse direkt ins französische Königshaus hinein, wenn auch mit einigen weiblichen Ästen. Na also! sagte Heinrich v. und hob den Kopf. Da liegt der Hase im Pfeffer. Eine Ähnin ist kein Ahn. Neinneinnein, rief der Erzbischof und hob beschwörend das Kreuz und deutete damit auf einen Paragraphen in einem alten Folianten: Neinneinnein! Gerade daß die Advokaten des französischen Königs sich auf die *Lex salica* bezögen – und das täten sie seit Beginn des siebzigjährigen Kriegs –, zeige die Fragwürdigkeit ihrer Argumentation. So, sagte Heinrich und legte neues Holz ins Feuer. Hm. Weiter. Der Erzbischof hüstelte, wechselte einen Blick des Einverständnisses mit dem Oberrichter und sagte: tatsächlich schlösse dieses die Erbfolge der Könige regelnde Papier jede weibliche Erbfolge aus, jedoch sei es *primo* inzwischen tausend Jahre alt, beziehe sich *secundo* auf ein Gebiet zwischen Saale und Memel, wo – und hier lächelte der Erzbischof – kein Franzose auch nur eine Minute freiwillig leben würde, und *tertio* hätten auch die Franzosen immer wieder ein weibliches Erbfolgeglied gebraucht, um die Kette ihrer Kronansprüche aufrechtzuerhalten. So sei messerscharf bewiesen, daß die französische Krone nicht Karl VI., dem die südliche Sonne das Hirn versengt habe, sondern ihm, Heinrich V., dem Herrscher Britanniens, zustünde. Der Erzbischof schwieg, und der Oberrichter nickte. Heinrich V. sah auf die Karte. Plötzlich stand er auf. Wenn das so ist, sagte er laut, dann erobern wir Frankreich. Hängen wir dem Krieg noch ein paar Jahre an. Dann soll der Glanz unsrer Krone über ein Reich leuchten, das seinesgleichen noch nicht gesehen hat. Unsre Jagdhunde werden den *pas de deux* lernen. Unsre Huren werden Madrigale singen. Ich werde zu euch in der *langue d'oc* und der *langue d'œil* sprechen. In London wird der Champagner fließen, und die Pariser werden unsre Rüben fressen.

So war wieder Krieg. Wieder verbrachten Frauen und Männer eine letzte Nacht miteinander, verzweifelt ineinander verkrallt oder hilflos nebeneinander wie kalte Steine, bis sie sich auf ewig trennten. Wieder packten Mütter mit weißen Gesichtern Tornister für Söhne, die sie nie mehr sehen sollten. Wieder bestachen feiste Bürschlein königliche Werber mit den Geldstücken ihrer Väter und zerrten Häscher weinende Männer unter Heuhaufen und Hausrat hervor, inmitten verzweifelter Familien. Wieder wurden den Männern die Haare auf soldatische Kürze geschnitten. Wieder übten sie die klassischen Speerangriffe: Speer einlegen, zustoßen, Leiche abstreifen. Wieder wollte kein einziger in den Krieg, und wieder gingen alle. Es war ein Elend, das nur Heinrich v. nicht bemerkte. Für ihn sah es wie ein Triumph aus. Er berechnete die Anmarschzeit auf Paris und ließ sich in einem Steinbruch die neuen Kanonen vorführen, die eine Stadtmauer aus 50 Meter Distanz zu treffen imstande waren.

Auch Heinrichs ehemalige Freunde, die aus Eastcheap, bereiteten sich auf den Krieg vor, den sie, vor ein paar Jahren, ihrem Saufkumpan in fünf Minuten ausgeredet hätten. Vor allem für den mit dem Rentiergesicht kam dieser Krieg ungelegen: denn er – nicht Falstaff, nicht der Burgunderrote – hatte eben die Wirtin ihres gemeinsamen Gasthofs geheiratet und steckte mitten in herbstlichen, aber kundigen Flitterwochen. Ach Scheiße. Schimpfend kroch er aus dem Bett und zog seine Soldatenkleider an. Unten im Hof lärmten schon seine Kameraden. Er ging brummelnd nach unten, aber da so oder so geschieden sein mußte, waren ziemlich bald alle guter Dinge. Sie tranken Brandy aus einer Flasche und lachten und redeten, und alle dachten, wir werden in Frankreich verrecken. Sie dachten, Falstaff, die Sau, schafft es schon wieder. Aber Falstaff lag zu dieser Minute in einem Bett im ersten Stock des Gasthofs, er keuchte und hustete, seine Beine wurden kalt und kälter. Er rief leise um Hilfe, um Liebe. Während unten im Hof seine Freunde lärmten, starb er. Die Wirtin fand ihn einige Minuten später, tot, mit einem grünen Gesicht. Sie rief die Nachricht zum Fenster hinaus. Die Freunde sahen sich an. Sie schulterten ihre Gewehre. Während sie zum Hoftor hinausmarschierten, sprachen sie noch ein bißchen von ihm, dann nie mehr. Stumm marschierten sie über Hügel und Hügel. Manchmal sprach einer von den französischen Weibern, was er mit denen tun werde, aber nicht lange. Sie hatten alle zu viele Kriege erlebt, um so etwas noch glauben zu können.

Einige Wochen später segelte eine ansehnliche Armee über den Kanal und landete in der Nähe von Harfleur, einer kleinen Handelsstadt an der Küste. Die Bewohner verschlossen verstört die Stadttore und sandten einen Boten nach Paris. Heinrich v. ließ die neuen Kanonen rings um die Stadt aufstellen. Ihr Donnern war schrecklich, und ihre Kugeln ließen den Verputz von den Mauern bröckeln. Als die Bewohner von Harfleur sahen, daß aus Paris keine Hilfe kam, ergaben sie sich. Heinrich v. zog im Triumph in den Marktflecken.

Am Hofe in Paris hörten der König, der Dauphin und die *Ducs* und *Barons* bald darauf die seltsame Mär eines englischen Siegs auf französischem Boden. Niemand verlor deshalb das höfische Maß. Damen und Herren, mit spitzen Hauben und Schnabelschuhen, saßen auf den Vorderkanten zierlicher Stühle und hielten Teetassen in der Hand. Sie spreizten den kleinen Finger ab. An den

Wänden brannten Tausende von Kerzen, die sich in meterhohen Spiegeln spiegelten. Der Dauphin, fast noch ein Kind, zeigte mit graziösen Ballettschritten und galanten Hieben, wie er die englischen Köpfe von den Rümpfen zu trennen gedachte. Die Damen applaudierten. Nun wurden alle Männer ganz erregt und holten ihre Rüstungen und Kettenhemden, auf die sie Sterne und Sonnen geklebt hatten. Die Damen strichen mit ihren Fingern vorsichtig darüber. Der Comte de Gentilly zog eine ganze Rüstung an und klirrte darin im Saal auf und ab. Er demonstrierte den Damen den Kopfschutz, den Herzschutz und den Schwanzschutz. Die Damen waren rot vor einer Erregung, die sich noch steigerte, als ihre Liebhaber Sonette aufzusagen begannen, die die Reize ihrer Pferde priesen, die sie ritten, als wären sie Frauen. Alle sahen sich tief in die Augen. Ach, war das schön, diese Stimmung vor einem blutigen Krieg!

Die Engländer saßen indessen vor Harfleur unter Zeltbahnen, auf die ein ununterbrochener Regen prasselte. Sie schliefen auf nassem Heu und aßen Suppen aus Kohl und Rüben. Sie froren. Jeden Morgen mußten sie sich im Carré versammeln und einen flammenden Tagesbefehl eines Hauptmanns anhören, der bis zu den Knöcheln im Schlamm stand. *Keep your heads up,* rief er, und alle Waliser, Schotten und Iren sahen sich verständnislos an. Die Hauptleute bekamen rote Köpfe. Wie sollten sie eine soldatische Disziplin durchsetzen, wenn nach jedem Befehl jeder seinen Nachbarn fragte, was denn schon wieder los sei?

Es war, als ob ein Ozean vom Himmel stürzte. Die Soldaten bekamen gelbe Häute zwischen Fingern und Zehen, und die Suppen in ihren Näpfen wurden beim Essen nie leerer, nur dünner. Freunde brachten sich gegenseitig um wegen nichts. Da Heinrich v. immer noch dachte, er kenne sich mit einfachen Menschen aus, verkleidete er sich, zum ersten Mal wieder seit seiner Kneipenzeit, und ging unerkannt von Unterstand zu Unterstand. Er hörte die Wahrheit. Er war der einzige, der den König lobte.

Am französischen Hof hatte man inzwischen begriffen, daß die Engländer nicht nur in heroischen Sonetten vorkamen, sondern wirklich in Fleisch und Blut ein paar hundert Meilen von Paris entfernt. Der Dauphin schickte deshalb einen Boten von hohem Adel zu Heinrich. Er rauschte wie ein Komet durch das verschlammte Lager der Engländer und sprach Worte wie ein Erzengel. Die Engländer starrten ihn an. So etwas hatten sie noch nie gesehen. Heinrich faßte sich als erster und sagte, in der Tat, nobler Feind, wir sind naß und haben Hunger und frieren, aber wisse, ein Brite schafft auch in diesem Zustand zehn welsche Ritter. Die Stirn des silberglänzenden französischen Boten umwölkte sich, er zupfte an seinen Handschuhen, dann bestieg er seinen Rappen und ritt, in einem unnachahmlichen Stil, über die Auen davon.

In Paris freute sich nun der ganze Hof auf die unerwartete Abwechslung. Alle riefen sich *Hello* und *How are you this morning* zu, während sie ihre Schwerter ölten. Aus den Waffenschmieden dröhnte ein ununterbrochenes Gelächter. Sogar Catherine, die junge Tochter des Königs, lernte mit ihrer Gouvernante zum Spaß einige Wörter Englisch, *the hand, the arm, the foot.* Genug für heute, rief Catherine. Diese Engländer sollen zuerst einmal kommen. Dann sehen wir ja, ob wir diese grobe Sprache weiterlernen müssen.

Inzwischen waren die Heere vor Agincourt aufmarschiert. Die Engländer waren noch immer naß, und die Disziplin drohte auseinanderzubrechen, und der mit dem burgunderroten Gesicht, unser Freund, wurde, weil er aus einer Kapelle eine Monstranz gestohlen hatte, an einem Baum aufgehängt. Da hing er, tot. Heinrich v., auf dem Weg zu einer Truppeninspektion, erkannte ihn nicht, als er an ihm vorbeiging. Er dachte, daß es vorgekommen sei, daß ein Eber fünf Pumas in die Flucht geschlagen habe. Denn seine Späher hatten ihm gemeldet, daß auf jeden Engländer fünf Franzosen kommen würden. Sie seien trocken und ausgeruht und machten Witze. Heinrich v. strich sich nachdenklich über die Stirn. Er hörte, vom andern Ende des unendlichen Feldes her, das leise Klirren von Rüstungen.

Dann kam die Nacht, in der niemand schlief, und in der ersten Dämmerung stampften die Engländer über das Schlachtfeld und sahen auf die näher kommenden Metallungetüme vor sich. Sie zitterten vor Angst, aber dann hieben sie sie von den Gäulen und stachen sie durch die Atemschlitze tot. Sie hielten sich nicht an die ritterlichen Schlag- und Stechregeln, sondern droschen drauflos. Herzog um Herzog fiel in den Dreck. Niemand hatte mit dieser britischen Unfairness gerechnet. Es starben auch Engländer. Dem mit dem Rentiergesicht wurde der Schädel gespalten. So waren, von niemandem als von uns bemerkt, alle tot, die wir liebten.

Die Heere kämpften den ganzen Tag über. Heinrich eilte von Trupp zu Trupp. Er ließ, als die Franzosen die Feldküchen angriffen und ein paar Küchenburschen umbrachten, allen Kriegsgefangenen die Kehle durchschneiden. Endlich stoben die Franzosen davon. Es gab für ihre Niederlage keine Erklärung. Sie hatten genau nach den Ritterregeln gekämpft. Trotzdem lagen sie nun mit zermatschten Köpfen übereinander.

Die Engländer tanzten auf dem Schlachtfeld herum. Dann bildeten sie einen langen Prozessionszug und zogen, vorne der König und der Erzbischof, durch das Städtchen Agincourt, bis zur Dorfkirche. Sie sangen ein *Te deum*, das ziemlich englisch klang. Dann, während seine Leute das Schlachtfeld aufräumten und strategisch wichtige Brücken besetzten, eilte Heinrich zur Küste zurück, schiffte sich ein, zog im Triumph nach London, ließ eine Messe in der Westminsterabbey lesen, eilte zur Küste zurück, schiffte sich wieder ein und war nur einen Monat später in Troyes, wo ihn der französische König mit der Kapitulationsurkunde erwartete. Trompeten erschallten, als Heinrich v., nun Herrscher über halb Europa, den Thronsaal betrat. Der französische König, seine Frau, seine Tochter, die Berater standen eng aneinandergedrängt in einer Ecke. Heinrich v. und Karl vi. wechselten ein paar höfliche Worte, die von Dolmetschern übersetzt wurden. Karl vi. unterschrieb. Dann faßte Heinrich die hübsche Catherine bei der Hand und redete, ohne Dolmetscher, lange auf sie ein. Catherine sah zu ihm auf, rot und weiß werdend. Sie verstand kein Wort, aber als Heinrich sie plötzlich am Hintern faßte, gegen sich drückte und küßte, dachte sie, er will, daß wir beide ineinander verschmelzen wie unsre Länder. Er meine Insel, ich sein Kontinent. Sie lächelte Heinrich an. Ihr Vater lächelte und gab dem Brautpaar seinen Segen. Die Brautmutter weinte. Sieger und Besiegte gingen zu einem Bankett, bei dem der Champagner in Strömen floß. Heinrich aß eine Artischocke nach der andern. Gegen Schluß des Essens beugte sich Catherine an sein Ohr und sagte, ich kann ein paar englische Wörter, *the hand, the arm, the foot.* Sie errötete und sah Heinrich tief in die Augen. Dieser legte seinen Arm um ihre Schulter und sagte laut: *Sche fuus ääm.* Alle applaudierten. Heinrich stand auf und verbeugte sich. Er dachte in diesem Augenblick, daß sein Leben gerade erst begonnen habe. Er wußte nicht, daß ihm kaum noch zwei Jahre blieben, daß der Krieg, den er gewonnen glaubte, ein hundertjähriger und daß England dann wieder so groß oder klein wie zuvor sein würde.

KÖNIG HEINRICH VI.

1. Teil

Es wäre eine Erde denkbar, die von Kindern regiert wäre – aber bis heute hat es nie ein Kind gegeben, das hätte verhindern können, daß die Großen, sagen wir, alle Wälder in kreischende Sägewerke verwandelten, nie auch nur einen Knecht, der einen Herrn zum Beispiel davon abgehalten hätte, die singenden Vögel in großen Netzen zu fangen, nie allerdings auch einen Alten, der, warum nicht?, erreicht hätte, daß die Kinder nicht mitten durch seine Spargelbeete schlurften, und nie sogar einen Herrscher, dessen Untertanen nicht fühllos durch die Rosenbeete der Macht gestampft wären. Da konnten Kinder und Knechte lange reden, Alte und Herrscher lange drohen. Es half auch nichts, daß einmal ein großes Wasser alle ertränkte, die, die übrigblieben, verwendeten den Uferschlamm der versickernden Meere, um neue Straßen durch Wälder, in deren Bäumen Fische zuckten, zu pflastern. Heute ist – Jahrtausende nach der ersten Flut – die Erde von der Herde der Menschen so platt getrampelt, daß sie jene Scheibe geworden ist, von der die Alten von Anfang an sprachen. Damals dachten die Alten, die Erde ist ein Fladen und wessen Zeit um ist, der wird über ihren Rand hinausgedrängt. Nur die Götter waren unsterblich und sind es heute noch. Die Menschen, wenn sie Kinder sind, möchten so mächtig und prächtig wie die Greise werden, und wenn sie es geworden sind, wird ihnen die Kürze der verbleibenden Zeit so jäh bewußt, daß sie in panischer Wut ihren Erdeteil kurz und klein schlagen. Wäre der selbstverständliche Anspruch der Götter und Kinder erfüllt, die Unsterblichkeit, alle müßten sich zweimal überlegen, was sie täten. Dann lebten Zehntausendjährige neben Zweijährigen und teilten in zärtlicher Rücksicht Äpfel und Birnen. Jeder wäre eines jeden Vernunft. Aber da die Menschen verdorren und verrecken, sind sie frei, solange sie leben, und alle nutzen ihre Freiheit, und wenn sie sie nicht nutzen können, weil sie zu schwach sind oder zu blöd, dann sehen sie mit aufgerissenen Augen einem uralten Machthaber in einem steinernen Palast zu, wie dieser seine Holzfäller durchs Land schickt und kaum aufhören will zu leben, bis sein Haus birst vor Glanz. Auf dem Totenbett wird er sein goldenes Beil einem Nachfolger in die Hand drücken, einem grau gewordenen Kind, das schon Jahrzehnte in die Pracht der

Macht gestarrt hat. Dieses schließt die toten Augen des toten Tyrannen, aufheulend vor Zerstörungslust – endlich, endlich, endlich! –, und vor seinem Palast stehend hunderttausend Kinder und Knechte, die beben vor Angst, es könnte kein neuer Prunkmensch auf die Terrasse treten, denn was geschähe mit ihnen, dem Volk, ohne die Führung eines kraftvollen Herrn?

Heinrich v., der zweite König aus dem Haus Lancaster, starb 1422, ganze zwei Jahre nachdem er Frankreich kurz und klein gehauen, die Tochter des besiegten Rivalen geheiratet und mit ihr ein Kind gezeugt hatte. Noch immer war sein Weg von Harfleur nach Paris eine einzige Brandspur. Noch immer lagen die Schädel der Soldaten an Wegkreuzungen aufgeschichtet und spielten Kinder in ausgebrannten Dörfern Kopfabschlagen und Aufhängen. Noch immer sprachen alle englischen Adligen von den gemeinsamen Ruhmestaten. Nun aber lag der König, der den letzten Hochmoorbaron zu einem Lancasterfreund gemacht hatte, in einem Glassarg, ein junger Muskelmann mit einem schwarzen Bart. Hinter seinem Sarg stand sein Sohn, Heinrich, die Augen auf der Höhe des Sargrands, und sah staunend auf den starren Vater und auf Damen in wallenden Trauerkleidern und Herren mit Rüschenkrägen, die eine ungeheure

Kathedrale füllten. Ein riesenhafter Chor sang donnernde Todesgesänge. Überall brannten Kerzen, und ein hagerer Mann in einem Purpurgewand schwenkte einen rauchenden Kessel hin und her und sprach und sprach. Heinrich stellte sich auf die Zehenspitzen, um alles genau zu sehen. Er wollte möglichst schnell groß werden. Zwischen zwei uralten Männern mit weißen Perücken sah er seine Mutter, die, wie er, von der Predigt des Bischofs von Winchester kein Wort verstand – wo die Hand des Erdenherrschers eine schmächtige ist, da soll sein Gottes Faust um so gewaltiger –, denn die Wörter, die ihr Mann ihr in den paar Monaten ihrer Liebe ins Ohr geflüstert hatte, waren *the mouth, the bosom, the foot* gewesen. Als sie sah, daß ihr Kind, ihr winziger Heinrich, in seinem schwarzen Samtkleid hinter dem Sarg, ihr zuwinkte, lächelte sie. Dann starrte sie wieder vor sich hin. Heinrich sah erstaunt auf einen der alten Herren, den Herzog von Gloucester, der plötzlich aufsprang und den predigenden Bischof anbrüllte. Alle Adeligen Englands reckten die Köpfe. Heinrich versuchte zu verstehen, was sie sagten – der Chor sang schmetternd –, aber er verstand nur Wörter wie Machthunger, Kirche, Anmaßung, Regentschaft – Wörter, die er nicht verstand. Er sah, wie plötzlich ein staubiger Soldat in die Kirche geritten kam und rief, Herr, Herzog, unser Frankreich steht in Flammen, Rouen und Paris sind in Gefahr, Charles, der lächerliche Dauphin, der Bruder unsrer edlen Catherine, hat sich in Reims zum König krönen lassen, zum König von Frankreich, das doch uns gehört, und Talbot, unser heldischer Anführer, ist gefangen. Eine wilde Aufregung bemächtigte sich der Trauergemeinde. Alle holten ihre Degen unter den schwarzen Roben hervor und stürmten zur Kirchentür hinaus. Stühle und Bänke fielen um, der Chor stob kreischend auseinander, und die Priester retteten sich und ihre Goldkübel in die Sakristei. Allein, mit offenen Mündern, standen Catherine und ihr Sohn neben dem Sarg Heinrichs v., die Witwe, die nur französisch, und der Thronfolger, der gar nicht sprechen konnte.

Während die Trauergemeinde degenschwingend dem Kanal zu hetzte, traf Charles, der selbsternannte *roy de France,* vor Orléans ein, das seine Truppen seit Monaten belagerten. Er befahl sofort den Abzug: Orléans ist uneinnehmbar, denn *wir* haben die Stadtmauern gebaut, und kann nicht ausgehungert werden, denn die Engländer essen Amseleier und Kuhscheiße. Auf! Da trat der Herzog von Anjou auf ihn zu. Sire, sagte er. Es gibt da eine junge Frau, die Tochter eines Schweinehirten

(König Charles hielt sich die Nase zu vor Schreck), sie kennt jede Vergangenheit, jede Gegenwart, jede Zukunft. Sie möchte Euch sprechen. Charles, ein junger Mann mit einem Flaumbart, lachte, ja sollen wir zusammen Säue hüten?, dann seufzte er und sagte, nun denn, soll sie kommen, die Teufelin. Schnell gab er seinen Goldmantel und das Szepter dem Herzog von Anjou und stellte sich in dessen Rock neben Margarete, dessen Tochter, ein nettes junges Mädchen. Die Schweinehirtin wurde herbeigeführt. Sie war schlank und hatte Augen wie glühende Kohlen. Sie schob, ohne eine Sekunde irre zu werden, den falschen König beiseite und trat auf den richtigen zu. Sire, sagte sie. Ich heiße Jeanne, ich bin die Geißel Englands, gib mir die Möglichkeit, Frankreich zu befreien. Charles sah in ihre Augen, und einen Augenblick lang war Jeanne die Königin und er der Sauhirt. Gott, was für eine Frau. Dann gab er sich einen Ruck und sagte, braves Kind vom Land, wir wollen dich wohlwollend prüfen. Nimm diesen Degen. Tu einige Verteidigungsschläge. Der König und die Schweinehirtin fochten zur Probe. Nach zehn Sekunden lag der Degen des Königs im Dreck. Jeanne lächelte. Charles hob puterrot seinen Degen auf – Schweinekot klebte an Gold und Edelsteinen – und sagte, es sei, ich gebe dir alle Vollmachten, befreie Orléans. Er trat nahe zu ihr und murmelte, Jeanne, du hast nicht nur meine Kraft und meinen Verstand, sondern auch meine Sinne besiegt. Ich liebe dich. Jeanne nickte. Ich weiß, sagte sie. Aber ich darf nicht lieben, bevor ich nicht die Engländer besiegt habe. Sie sah ihren König lange an und strich mit ihren Fingerspitzen über seinen Handrücken. Charles erschauerte. Was glotzt ihr? schrie er seine Edelleute an. Noch nie einen König gesehen, der mit einer Sauhirtin spricht? (In steifen Samtkleidern hüpfte indessen der kleine Heinrich im Palasthof auf und ab. Er warf einen Stein in mit Kreide vorgezeichnete Quadrate und sprang mit Grätschschritten zwischen Himmel und Hölle hin und her. Er sprang, so hoch er konnte, und stand dann bolzgerade. Er sah auf seinen Schatten, wie er wuchs. Aus den Augenwinkeln beobachtete er den Herzog von Gloucester und den Bischof von Winchester, die auf der großen Treppe standen und sich anbrüllten. Ich werde Euch lehren, mich auszusperren, brüllte der Herzog, ich bin der Regent. Gott sei Euch armem Schaf gnädig, sprach der Bischof. Die beiden wären handgemein geworden, wenn die Palastwache sie nicht getrennt hätte. Nachdenklich sprang Heinrich noch stundenlang zwischen Himmel und Hölle hin und her, ohne die Rätsel seiner Welt lösen zu können.)

Und schon flog Jeanne in die Schlacht, gefolgt von jubelnden Soldaten, die ihre Augen nicht von ihrem Rücken wenden konnten. Alle sangen, während sie auf die Stadtmauern losstürmten, und schossen auf jeden, der über die Brustwehr lugte, und mit dem ersten Schuß wurde dem Kommandanten der Stadt der Kopf weggerissen, und die Flügel der Tore brachen und die Soldaten strömten in die Stadt und schlugen alles kurz und klein, und Talbot, der Held, der gerade erst wieder freigekommen war, rannte wie ein Hase über Wege und Wehren, sonst hätte ihn Jeanne, die focht wie ein Dämon, abgestochen. Strahlend stand sie auf der Stadtmauer und riß ihren Panzer von der Brust und badete im Jubel ihrer Soldaten. Sieg! Sie stieg von der Mauer hinunter und ging auf ihren König zu. Feiert, Soldaten, rief dieser. Dies ist der schönste Tag in meinem Leben. Die Soldaten stellten Tische auf die Straßen und rollten Weinfässer übers Pflaster. Trommler und Trompeter spielten Tanzweisen, und langsam getrauten sich auch die Bewohner und Bewohnerinnen aus den Häusern, und jede Frau tanzte mit einem Befreier. Die Edlen zogen sich in den Stadtpalast zurück. Draußen, auf den nassen Feldern, hörten die Engländer das Singen der Feinde, sie froren und wurden immer wütender, und als das Grölen auch nach

Mitternacht nicht aufhören wollte, stellten sie Leitern an die Mauern – tatsächlich waren die Wachen betrunken – und schlugen alle tot, die nicht schnell genug von ihren Tischen aufstanden. Alle sahen, wie Charles und Jeanne über die Dächer des Stadtpalastes flohen, über die Stadtmauern, in die schwarzen Felder hinein. Charles trug einen Bademantel, und Jeanne war barfuß und hatte sich ein Leintuch über die Schultern geworfen. (Der Thronfolger, Heinrich, stand indessen mit einem Reifen in der Hand hinter einem Rosenbusch, machte sich ganz klein und spitzte die Ohren, denn jenseits der Rosen standen der Graf von Somerset und Richard Plantagenet und viele Männer, und jeder schrie: Ich, ich, ich. Heinrich verstand nicht, was die Ichs begehrten, aber plötzlich riß Richard Plantagenet eine weiße Rose aus dem Busch und der Graf von Somerset eine rote. Heinrich erschrak und duckte sich noch mehr. Er sah, durch das dichte Geäst, daß die Männer zögerten, aber dann pflückten auch sie eine Rose, eine weiße oder eine rote. Dann stürzten alle blutrot, kreideweiß davon. Heinrich sah auf die Rosen im Busch. Alle waren schön. Er zuckte die Schultern und trieb seinen Goldreifen durch den Hof, zu seiner Mutter, die fröstelnd in der Mittagshitze saß und einen französischen Liebesroman las, in dem galante Ritter die Rosen von zarten Prinzessinnen küßten, daß diesen die Sinne schwanden. Später, als Heinrich längst König geworden war und es schon nicht mehr sein wollte, wurde ihm jäh bewußt, daß er da seine Mutter zum letzten Mal gesehen hatte. Sie verschwand, als sei sie in ihren Roman hineingegangen.)

Richard Plantagenet eilte, mit seiner weißen Rose im Knopfloch, in den Tower, das bestbewachte Gefängnis der Welt, eine Isolierburg aus meterdicken Mauern, die er, wir wissen nicht wie, betrat, durch deren Korridore er ungesehen schritt, deren Verbindungstüren zwischen den einzelnen Flügeln sich ihm geheimnisvoll öffneten, bis er beim gefährlichsten Gefangenen des Königreichs war, dem uralten Mortimer. Sein Vater war für den gleichen Gang – er hatte Mortimer befreien wollen – geköpft worden. Richard, lieber Richard, sagte Mortimer mit einer brechenden Stimme, schlohweiß auf einer Strohpritsche hockend. Was für eine Überraschung. Wie kommt es, daß mich, einmal pro Generation, ein York besuchen kommt? Richard Plantagenet lächelte. Onkel, sagte er. Du hast dein Leben im Kerker verbracht, weil du es auf dem Thron verbringen wolltest. Was sind meine Ansprüche? Mortimer strich sich mit der Hand über die Stirn. Das ist lange her, sagte er. Heinrich, der vierte Heinrich, hat sich auf *meinen* Thron gesetzt, erinnerst du dich? Das Morden und Metzeln? Aber der Thron gehört den Yorks, mir und dir, nicht den Lancasterlumpen, auch wenn wir jetzt titel- und besitzlos sind. Richard Plantagenet nickte. Wie soll ichs anfangen, Onkel? Leise, sagte dieser. Das neue Kind ist schwach. Es versteht nichts. Schweig. Sag nichts. Tu nichts. Wie leicht wird man, nicht alle haben das gleiche Glück wie ich, geköpft. Richard Plantagenet sah auf seinen greisen Uronkel, der umsackte und starb. Richard schloß ihm die Augen und ging aus der Zelle, durch die Korridore, durch einen Ausgang, an dem die Wächter, weshalb auch immer, mit geschlossenen Augen saßen. (Heinrich, der Thronfolger, preßte indessen sein Blut in seinen Kopf und hängte seine Arme an Teppichstangen, um schneller zu wachsen. Er sah überall hin, um zu begreifen. Er übte königliche Sätze, wenn er in seinem Spielzimmer war. Er herrschte seine Teddybären an. Den Kreisel peitschte er mit Würde. Er hüpfte vornehm. Er stahl in der Speisekammer keine Süßigkeiten mehr, er nahm sie. Er stellte sich, wenn ihn niemand sah, mit einer Krone aus Papier in die Sonne und sah auf seinen Schatten. Als dann einmal im Thronsaal der Bischof von Winchester dem Herzog von Gloucester ein Pergament mit Bändern und Siegeln aus der Hand riß und es zerfetzte, ging er auf beide zu – keiner hatte seine Anwesenheit bemerkt – und rief, hier spricht euer König, Schluß mit dem Streit. Da stand er, mit seinem Kreiselstab, den er wie ein Szepter hielt, und dem Kreisel, einem Reichsapfel aus Holz. Er hatte große Kulleraugen. Der Herzog von Gloucester strich ihm über den Kopf und sagte, es hat recht, unser Prinzchen. Der Bischof schwieg. Richard Plantagenet trat aus einer dunklen Ecke hinzu und sagte, Herr, junger Herr, ich bitte um meine angestammten Rechte, ich will Herzog von York sein, wie es mir gebührt. Heinrich reckte sich in die Höhe und sagte mit einer Klingelstimme, wir, Heinrich, gewähren dir, Richard, alles. Die Höflinge wußten nicht recht, sollten sie nun lachen oder den Saum der prinzlichen Spielschürze küssen. Gloucester sagte lächelnd, ich sehe, kleiner Herr, die Tage meiner Regentschaft sind gezählt. Ich bin froh darüber. Geh nach Frankreich und laß dich krönen, Kind, und dann greife durch, König, denn unsre Länder brauchen einen zürnenden Vater. Heinrich stemmte seine Händchen in die Hüften und entließ die Edlen mit einem Kopfnicken. Als er in sein Spielzimmer zurückging, trieb er seinen Kreisel vor sich her.)

Inzwischen waren Jeanne und Charles nach Rouen gezogen. Wieder ging alles wie zuvor:

Jeanne – diesmal als Bäuerin verkleidet – eroberte die Stadt und trieb die Engländer, wiederum Talbot als letzten, über die Stadtmauern. Wieder hörten die Engländer die feiernden Franzosen. Wieder griffen sie in derselben Nacht an, und wieder eroberten sie die Stadt zurück, denn erneut hatte Jeanne ihre Rüstung ausgezogen und war wehrlos. Wieder flohen sie und Charles in die dunklen Wiesen hinaus. Charles weinte. Deinen Siegen des Tages, stammelte er, folgen meine Niederlagen der Nacht. Jeanne küßte ihn auf die Wange. Es wird schon werden.

Sie versteckte sich in einem Gebüsch längs der Straße nach Paris, und als die Heere Talbots und des Herzogs von Burgund (beide wollten der Krönung des kleinen Heinrich beiwohnen) vorbeizogen, vorne das Talbots, hinten das des Herzogs von Burgund, ließ sie Talbot vorbeireiten und bog dann die Zweige vor dem Herzog auseinander und machte Ssst, und der Herzog sah sie und fiel aus dem Sattel und gelobte, in ihren Augen ertrinkend, ab sofort auf Frankreichs Seite zu kämpfen. Jeanne küßte ihn. Talbot, die Augen nach dem fernen Paris gerichtet, bemerkte nicht, daß hinter ihm sein halbes Heer rechtsumkehrt machte. Er betrat die Kathedrale von Notre Dame und setzte sich unter die Edlen Englands, die sich, während ein Chor eine donnernde Krönungsmesse begann, zischelnd stritten. Heinrich saß in einem Goldkleid auf einem hohen Thron vor dem Altar, mit baumelnden Beinen. Er sah auf die sich bewegenden Münder seiner Vasallen. Ungeduldig trommelte er mit seinen Fingern auf die Thronlehne, während der Bischof von Winchester, der ein Kardinalsgewand trug, sprach und sprach. Endlich setzte dieser ihm die Krone auf den Kopf und gab ihm das Szepter und den Reichsapfel, und er sprang vom Thron herab und zu den Vasallen hin und rief mit einer Glockenstimme, Edle, dies sind Szepter, Apfel und Krone: was geht hier vor? Der Herzog von Somerset und Richard Plantagenet erklärten ihm alles, gleichzeitig sprechend. Wieder verstand Heinrich kein Wort. Er wiegte seinen schweren Kopf hin und her und ernannte Richard Plantagenet zum Regenten von Frankreich – du siehst, ich schätze deinen Rat –, bestätigte die Würde des Kardinals – das hast du gut gemacht, diese Krönung – und lächelte dem Herzog von Somerset zu – es ist schön, daß du Blumen magst –, griff in eine Vase und steckte sich eine rote Rose ins Knopfloch. Richard Plantagenet wurde bleich. Ein Raunen ging durch die Kathedrale, als er, ein tausendjahrealter Zwerg, über den roten Teppich dem Ausgang zuschritt. Glocken donnerten. Rätselratend, wie der junge König das mit der roten Rose gemeint habe, zogen alle Adligen zum Krönungsessen, aber auch der Herzog von Gloucester, Heinrichs Tischnachbar, konnte nichts Näheres in Erfahrung bringen, denn König Heinrich VI. war nach der Suppe eingeschlafen, mit dem Daumen im Mund.

Talbot, Richard Plantagenet und der Graf von Somerset hielten sich nicht mit Feiern auf. Jeder zog mit seinem Heeresteil los, nach Norden, nach Westen und Süden. Jeanne und Charles stürzten sich auf Talbots zusammengeschmolzenes Heer wie auf eine todwunde Beute. Talbot schrie um Hilfe. Aber Richard Plantagenet sagte, er könne nicht kommen, wenn Somerset nicht komme, und Somerset sagte, er helfe Talbot nicht, wenn Richard Plantagenet nicht helfe, und so kam es, daß Talbot hilflos in der Stadt Bourdeaux eingekesselt war. Ringsum standen hunderttausend gleißende Franzosen und Burgunder. Er verabschiedete sich von seinem Sohn, und beide gingen in den Tod. Kein Engländer überlebte die Schlacht, und in der Nacht, die diesem Sieg folgte, drang niemand in das Haus ein, in dem Jeanne und Charles ruhten. (König Heinrich VI. war wieder nach London zurückgekehrt. Er ging in den Palastkorridoren auf und ab, denn kreiseln und reifenspielen wollte er nicht mehr. Er hüpfte nur noch, wenn ihm niemand zusah. Er versuchte, seine Stimme brechen zu lassen, aber sie blieb hoch wie die einer Lerche. Nur sein Schädel wurde immer größer. Jeden Nachmittag setzte er sich auf seinen Thron und hörte den Berichten des Herzogs von Gloucester zu. Frankreich geht verloren, aha. Talbot ist tot, armer Talbot. Somerset und Plantagenet tun nichts, wieso? Junger Herrscher, sagte der Herzog von Gloucester schließlich verzweifelt, der Graf von Armagnac, der Vetter des illegalen Königs von Frankreich, bietet dir seine Tochter zur Ehe an. Zur Ehe? sagte Heinrich VI. Nun ja, sagte der verzweifelte Herzog, natürlich bist du etwas jung, aber wir würden auf diesem Weg wenigstens einen Teil Frankreichs retten. Heinrich VI. nickte. Diese Braut, sagte er, ist immerhin aus demselben Land wie meine Mami.)

Der Krieg, der jetzt schon beinahe hundert Jahre alt war, schien entschieden. Plötzlich aber hatte Jeanne ihre Kraft eingebüßt. Sie wußte es, als sie aufstand nach der Nacht nach dem Sieg von Rouen. Sie stand stundenlang auf dem Balkon des Stadtpalastes und spürte, sie war nur noch ein schwaches Mädchen. Sie versuchte, die Soldaten auf der Straße unten zu verzaubern, aber diese sahen nicht einmal zu ihr herauf. Sie rief nach ihren Geistern, aber keine kamen. Sie ließ sich nichts anmerken. Mit blinden Augen und verstopften Ohren stürzte sie sich in die nächste Schlacht, aber jetzt focht sie wie ein Bauerntrampel und wurde sofort gefangengenommen und Richard Plantagenet vorgeführt. Sie sah ihm tief in die Augen, mit aller Kraft. Richard Plantagenet lächelte. Mädchen, sagte er lächelnd, ich fürchte, wir werden dich verbrennen müssen. Jeanne wurde weiß und rot. Ich bin schwanger, schrie sie. Das dürft ihr nicht. Schwanger von Charles, dem rechtmäßigen König dieses Landes. So? sagte Richard Plantagenet. Nein, schrie Jeanne. Vom Herzog von Alençon. Aha, sagte Richard Plantagenet. Nein, schrie Jeanne. Vom Herzog von Anjou. Interessant, sagte Richard Plantagenet. Da trat ein alter Bauer vor. Jeanne, sagte er mit Tränen in den Augen, was machst du für Sachen. Ich kenne dich nicht, schrie Jeanne. Ich bins, dein Vater, sagte der alte Bauer. Weißt du nicht mehr, wie wir im Gras der Weide saßen? Nein, schrie Jeanne. Ich bin die Geißel Englands, die Braut des Königs, die Braut Gottes. Der alte Bauer, ihr Vater, ging schluchzend aus dem Lager. Unter dem Tor drehte er sich um und schrie, verbrennt sie, die Hexe.

Auch der Graf von Suffolk, der sich bis dahin im Machtstreit der Adligen nicht hervorgetan und seine rote Rose versteckt in der Rocktasche getragen hatte, machte, unbeachtet von den andern, eine Gefangene: Margarete, die Tochter des Herzogs von Anjou. Nie hatte er eine schönere Frau gesehen. Er entbrannte in Liebe zu ihr. Er trat auf sie zu (alle andern scharten sich um Richard Plantagenet und Jeanne) und sagte, junge Herzogin, wollt Ihr in mir Euren Beschützer sehen? Ich will meinen König überzeugen – o wie liebreizend seid Ihr! –, Euch zur Frau zu nehmen. Wollt Ihr das? Margarete nickte. Sie dachte, dies ist ein Weg wie ein anderer, aus dieser Gefangenschaft herauszukommen. Der Graf von Suffolk dachte, der König ist ja noch ein Kind, was schätzt der schon an einer Frau, er wird tagsüber mit ihr spielen und ich nachtsüber, und durch die Königin werde ich den König beherrschen, ohne daß jemand ahnt, wer der wahre Herrscher Englands ist. O Margarete. O Macht. Der Graf von Suffolk küßte Margaretes Hand und reiste ab. In London schilderte er dem König – dieser klebte sich nun Wimpernhaare auf die Oberlippe und sprach mit einer Art Brummstimme – die neue Braut in so glühenden Farben, daß dieser vergaß, daß er schon einer andern sein Jawort gegeben hatte. Geh hin nach Frankreich, Suffolk, sagte er, und bring mir diese Spielgefährtin. Ich bin ja jetzt erwachsen, oder?

KÖNIG HEINRICH VI.

2. Teil

Und so saß also König Heinrich VI. auf seinem Thron, zerknüllte mit seinen Händchen ein Taschentuch, rückte die Krone auf seinem Schädel zurecht, strich mit den Fingern über seine steife Leinenrüsche, an der Süßholzreste klebten, über sein Goldwams, seine kurzen Silberhosen, seine weißen Strümpfe, schlug die Absätze seiner Schnallenschuhe gegeneinander und starrte schweißnaß auf die Tür des Thronsaals, durch die, am Arm des Grafen von Suffolk, Margarete von Anjou trat, seine Braut, seine Frau, so daß Heinrich puterrot von seinem Thron herunterrutschte und über die Steinfliesen trippelte und sich vor Margarete verneigte, und hinter ihm verneigten sich alle Edlen Englands. Margarete war schön: älter als Heinrich – kein Kind mehr –, mit rotblonden Haaren, die weit über ihren Rücken herabhingen, einem Engelsgesicht, blauen Augen, einem Mund mit weißen Zähnen, einer Brust, die sich vor Heinrichs Augen hob und senkte, und einer Taille, von der eine samtrote Stoffülle zum Boden herabwallte.

KÖNIGSPAAR

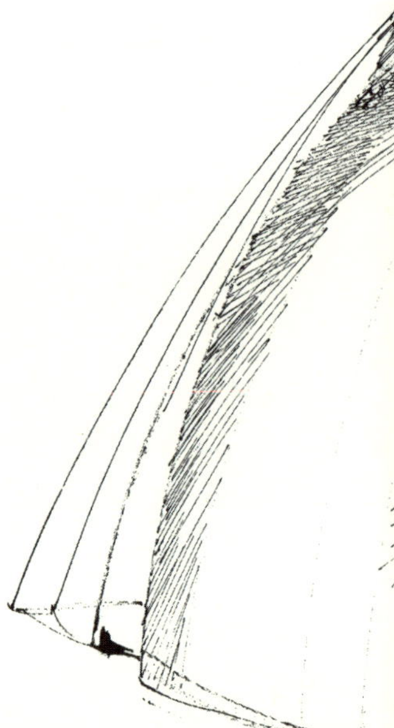

Heinrich küßte ihre Hand, und sie sah lächelnd auf ihn herunter. Willkommen, Königin, ich schenke Eurem Vater die Herzogtümer Anjou und Maine. Margarete neigte den Kopf, und Heinrich wandte sich seinen Getreuen zu. Dich, lieber Suffolk, mache ich zum Herzog. Dich, teurer York, entbinde ich von der Regentschaft in Frankreich, danke, die ich dir, geschätzter Somerset, übertrage. Bitte. Du, einziger Gloucester, getreuer Onkel, führe weiterhin meine Geschäfte in meinem Reich, denn niemand kennt und respektiert das königliche Recht wie du. Du, Kardinal, lebe weiterhin in Gottes Hand. Und jetzt will ich meine Gattin kennenlernen, auf daß uns niemand störe. Heinrich zog Margarete aus dem Thronsaal, und alle Edlen Englands verbeugten sich und verharrten, die Nasen am Boden, stumm und ohne sich zu rühren, bis die Tür hinter dem königlichen Paar ins Schloß gefallen war.

Sofort schossen alle Körper in die Höhe, und eines jeden Zunge – keiner hörte dem andern zu – wurde die Verräterin der geheimsten Träume. Keiner mehr konnte dem Druck seiner Hoffnungen standhalten. Der Herzog von Gloucester rief, welch ein Land, in dem der König sein eigenes Recht bricht, er hat einer andern seine Hand versprochen; der Herzog von York, was für eine

Welt, in der der König seine Länder einer Kirchenmaus nachwirft und sein Berater – die Hand des Herzogs von Suffolk fuhr an den Degen – dem König hinten hineinkriecht und der Königin vorne; der Graf von Salisbury, was für eine Zeit, wofür eigentlich habe ich in Anjou Kopf und Kragen riskiert?; der Graf von Warwick, wofür ich in Maine?; Suffolk – seine Zähne waren so ineinander verbissen, daß er zischte statt sprach –, wieso eigentlich maßt sich Gloucester noch immer an, an Stelle des Königs zu regieren?; und der Kardinal von Winchester, Gloucester will doch selbst auf den Thron, das will doch jeder, die Lancasters sind am Ende, aber was, wenn Heinrich VI. seiner Margarete ein Kind macht? Alle die gleichzeitig redenden Edlen Englands verstummten und sahen nach oben, da wo die Schlafgemächer des Königs waren, und grinsten mit roten Köpfen – das war doch nicht möglich, der kindische Heinrich auf dieser Frau – und stürzten aus dem Saal, jeder durch eine andere Tür, in eine andere Richtung, und hingen wieder ihren Träumen nach, in denen abgeschlagene Köpfe und zerbrochene Lanzen vorkamen, auf denen die Köpfe des Königs und ihrer Rivalen steckten und manchmal ihre eigenen, und keiner kannte die Träume der andern und noch weniger die der Frauen, denn diese träumten auch, und wie, Margarete zum Beispiel – neben ihr schlief der nackte kleine König mit seinem Daumen im Mund –, daß sie in edelsteinübergossener Blöße auf einem hohen Berg sitze und unter ihr Herzöge und Herzoginnen kröchen und ihr die Zehen leckten, die Herzogin von Gloucester dagegen – ihr Mann vermutete keinen Gedanken hinter ihrer blassen Stirn –, daß sie in einem Goldregen über die hochgereckten Hintern aller Adligen Englands schreite, eine applausumtoste Majestät. Und als sie aufwachte, die Herzogin, war sie von ihrem Traum so aufgewühlt, daß sie einer uralten Versuchung nicht widerstehen konnte und zum geheimsten Ort ihres Gartens hinstürzte, wie sie es noch nie gewagt hatte, geschützt von zwei Pfaffen, unter deren Soutanen der Satan tobte, zu einem Feuer, durch dessen Flammen sie einer jungen Frau, einer unglaublich liebreizenden Frau, ihre Hand gab, die diese nahm und sich unter den Rock schob, und sie spürte gleichzeitig die Hand der Hexe, nach der sie sich ein Leben lang gesehnt hatte, und stöhnte auf und hörte, wie ein Beschwörer, während die Pfaffen vor sich hin psalmodierten und die Frauen nicht aus den Augen ließen, einen Geist rief, der auch wirklich erschien, über dem Feuer flirrend, und Antwort gab auf alles, was die Herzogin mit schwindenden Sinnen wissen wollte, nämlich ob Heinrich und Suffolk und der Kardinal und Somerset dem Tod geweiht seien, und der Geist sagte ja, und ob sie selbst dereinst die ihr gebührende Macht genießen werde, und der Geist sagte nein und versank, und der Herzog von York, mit einem Dutzend Häschern im Schlepp, brach durchs Gebüsch – Pfaffen, Beschwörer und Hexe schrieen auf – und ließ die Verschwörer einem Gericht vorführen, das die Hexe verbrannte, die Pfaffen und den Beschwörer aufhängte und die Herzogin von Gloucester zu lebenslanger Verbannung verurteilte. Tränenlos, ein Greis, stand der Herzog von Gloucester am Tor, durch das seine Frau, gefesselt und in einem Schandkleid, die Stadt verließ. Es gibt doch ein Recht, ein königliches Recht, stammelte er – hörte ihn seine Frau? –, unser Halt in dieser Welt war doch, daß wir es nie verletzten? Seine Frau sah ihn stumm an. Dann ging sie davon, ohne sich umzudrehen, und ihr Mann sah ihr nach, ohne zu wagen, mit ihr zu gehen, bis sie ein kleiner Punkt geworden war, eine Erinnerung.

Als er in den Palast zurückkam, redeten Suffolk, York, Buckingham, der Kardinal und Margarete auf den König ein – dieser wurde unter ihren Stimmen immer kleiner –, daß Gloucester seine Gesetzestreue nur vortäusche, denn gerade die Tatsache, daß er sich nie auch nur die geringste Unregelmäßigkeit habe zuschulden kommen lassen, beweise seinen Machthunger, er sei ein Teufel im Gewand der Güte, ein Mörder im Schatten, und der König hielt sich die Ohren zu, ich will nichts mehr hören, ich halte das nicht mehr aus, und als er Gloucester unter der Tür stehen sah, ein Gespenst aus einer untergegangenen Welt, stürzte er aus dem Saal und in sein Schlafzimmer, wo er betend aufs Bett fiel und einschlief, mit dem Daumen im Mund. Im Thronsaal unten trat Suffolk auf Gloucester zu und sagte, ich verhafte dich wegen Hochverrats, du gefährdest unsre Rechtsordnung, und Gloucester nickte, weil er wußte, daß er die Verfassung so lange respektiert hatte, bis er der einzige, der dies noch tat, und ein Verfassungsfeind geworden war, und wurde in eine Zelle gesperrt, in der er sich müde auf ein Bett setzte. Suffolk gab den Zellenschlüssel einem Mann ohne Gesicht, flüsterte ihm etwas ins Ohr und ging in die Gemächer der Königin, über die er sich stürzte – die Königin peitschte ihn aufheulend in sich hinein – und auf der er dann, nach Lebensluft röchelnd, stundenlang bewußtlos lag. Der Palast war totenstill. Niemand atmete. Endlich, als es dämmerte, erhob sich Heinrich VI. von seinem Bett – ich muß mich um meinen teuren alten Onkel kümmern – und stieg in den Thronsaal hinab, wo Suffolk und Margarete im Schein einer Fackel Schach spielten, und sagte, schön, Kinder, daß ihr euch zusammen vergnügt, aber jetzt will ich ein Verhör anstellen mit Gloucester, und wenn ich den Schatten eines Zweifels habe, werde ich ihn freilassen, und Suffolk sprang auf und sagte, aber gewiß, ich hole den Übeltäter, und ging hinaus und kam zurück und rief, Herr, er hat sich umgebracht, es ist ein Eingeständnis seiner Schuld, wer hätte seine Zelle betreten können? Heinrich fiel in Ohnmacht. Während Margarete seine Wangen tätschelte und ihm Riechsalz unter die Nase hielt, untersuchten die Grafen von Warwick und Salisbury den Toten und berieten miteinander und riefen dann, König, es gibt keinen Zweifel, er ist umgebracht worden, Suffolk hat ihn umgebracht, und Heinrich, wieder wach, sah ratlos zwischen den Streitenden hin und her – einerseits hatten die Grafen gute Argumente, andrerseits durfte ein solch ungeheuerlicher Gedanke nicht gedacht werden – und murmelte, Herr im Himmel, leih mir Kraft und sage mir, was ein König in so einer Lage tut, und als sich vor dem Palast immer mehr Frauen und Männer ansammelten und nach Suffolks Kopf brüllten, gab er es endlich auf, im Thronsaal hin und her zu tigern, und sagte, besser Suffolks Kopf als meiner, und verurteilte seinen engsten Freund zu lebenslanger Verbannung und gab ihm nur noch das Recht, sich von denen, die es zuließen, zu verabschieden, und Margarete ließ es zu, ohne daß ihr König etwas bemerkte, und krallte sich ein letztes Mal in ihren Geliebten, brüllend vor Todeslust, so daß sich alle im Palast angrinsten und dachten, der König muß Schießwatte in den Ohren haben, und dann führten zehn Soldaten Suffolk nach Dover, wo sie ihn auf ein Schiff verluden, das Seeräubern in die Hände fiel, die, als sie Suffolk erkannten, auf jedes Lösegeld verzichteten, denn niemand war im Reich verhaßter als er, und ihm den Kopf abschlugen, den ein Lord, dessen Geld akzeptiert worden war, in einem Sack mitnahm und im Palast ablieferte, wo Margarete, als sie erkannte, was da vor ihr lag, ihn küßte und küßte, bis Heinrich kopfschüttelnd sagte, ich frage mich langsam, Liebes, ob du auch um mich so weinen würdest?

Inzwischen war in Irland ein Aufstand ausgebrochen, den der Herzog von York angezettelt hatte, um ihn zu gegebener Zeit niederschlagen zu können. Er hatte einem Landarbeiter, der, wie die meisten seiner Landsleute, nichts zu verlieren hatte, weil ihm alles, Land und Geld, längst weggenommen worden war, eingeredet, er sehe aus wie

Mortimer, ja vielleicht sei er Mortimer, oder ein Bruder, so daß dieser bald selber glaubte, er sei aus dem Geschlechte der York, ein Fehltritt des alten Herzogs, und in rauchigen Kneipen auf Tische kletterte und seinen Humpen hochhob und rief, Freunde, wie lange sollen wir noch dulden, daß die reichen Säcke alles haben und wir nichts? Daß wir hungern und die Dicken fressen? Daß wir uns keinen Esel leisten können und die Herren in Kutschen fahren? Ich will euch befreien, nehmt eure Heugabeln und Spaten und kommt mit, mein Regierungsprogramm ist, daß jeder, der Latein kann oder schreiben, aufgehängt wird – du, junger Mann, kannst du schreiben? Und als der junge Reisende, der in der Kneipe sein Bier trank, lächelnd sagte, ja, kann ich, packte ihn der falsche Mortimer und schleppte ihn durch die johlenden Gäste und hängte ihn mit seinem Gürtel am Dachbalken auf, und das gefiel den Männern und Frauen, sie gingen mit ihm auf die Straße und zündeten die Kirche an, und das Regierungsprogramm des falschen Mortimer war nun die Abschaffung des Geldes, weil dieses unnötig sei, weil er, der König, sowieso allen gratis zu essen und zu trinken gebe, außer den Reichen, die er auf Pfähle spießen und in die Themse stürzen werde, und Heinrich VI. hörte, daß eine immer größer werdende Rotte sich auf London zubewege und jeden Dorfschulzen umbringe, und beriet sich mit Somerset und Buckingham – ja dürfen die das denn? – und schickte ihnen zwei Geistliche entgegen, sie mit Kreuzen zu bannen, aber die Kreuze wirkten nicht und die Geistlichen wurden totgeschlagen – zur gleichen Stunde starb, jäh und überraschend, der Kardinal von Winchester –, und ein Heer von Bauern und Bettlern wälzte sich durch die Hügel Mittelenglands und durch die Tore der Hauptstadt, aus der Heinrich VI. mit Margarete in seine Sommerresidenz floh, wo er sich im Schlafzimmer einschloß, weil er auch den Dienern und Stallburschen nicht traute. Die Adligen, die in London blieben, wurden erschlagen. Alle Verkleidungen nutzten nichts, ihre Sprache verriet sie, und die Landleute trugen ihre Köpfe auf Stangen vor sich her und küßten mit den Blutmündern aufkreischende Mädchen, und der falsche Mortimer ließ sich jetzt in einer Sänfte tragen und Majestät nennen und erließ ein Gesetz nach dem andern und erschlug die, denen ein neuer Paragraph noch nicht geläufig war, so daß immer weniger Freiheitssehnsüchtige den schlingernden Kurs seiner Willkür verstanden – überall Tote, Tote, Tote –, und als der König in seiner Sommerresidenz sich aufraffte und Straffreiheit für alle mit Ausnahme des falschen Mortimer verkündete, fielen alle von diesem ab, und er war plötzlich ein einsames Wild, auf den eine so hohe Kopfprämie stand, daß er sich tagsüber in einem Wald verstecken mußte und nachts aus einem Garten Rüben stahl, wo er von einem Mann, der nicht wußte, wen er vor sich hatte, erschlagen wurde. Der Herzog von York zog indessen mit einem eigenen Heer durch England – niemand konnte sagen, ob er gegen die Aufständischen oder den König oder beide zog –, und als er dem Palast Heinrichs immer näher kam, versammelte dieser doch seine Truppen und bat Somerset, mit ihm zu kommen – alle wollen König werden in diesem Land, nur ich wäre gern ein Untertan –, und Somerset steckte sich eine rote Rose an die Rüstung, und sie zogen los und trafen das Heer Yorks, auf dessen Schilden und Helmen weiße Rosen leuchteten, auf einer weiten Ebene, aus der die Schafe blökend flohen, und der kleine König schritt aufrecht und unbeirrbar durch die rennenden Schafe auf York zu, der stahlglimmend vor seinen Panzerleuten stand, und rief, York, bist du mir gut oder mein Feind?, und York rief, ich rüste ab, wenn du Somerset, den Hochverräter, in den Tower setzest, und der König rief, da sitzt er doch längst, aber in diesem Augenblick sah York seinen Erzrivalen unter den königlichen Befehlshabern und wurde kreideweiß vor Wut und schrie, ich, ich bin der König, ich, und Somerset brüllte über die Ebene, ich verhafte dich wegen Hochverrats, und York lachte, ha? so? wie?, und alle eilten zu ihren Soldaten und bliesen Signale, und die Heere krachten ineinander und metzelten sich so lange zu Tode, bis die königlichen Soldaten, Somerset in einer Blutlache zurücklassend, in alle Winde flohen, der kleine König schreiend voraus, und die Männer der weißen Rose einen disziplinierten Zug bildeten und singend der Hauptstadt entgegenzogen.

KÖNIG HEINRICH VI.

3. Teil

Während Richard Plantagenet, der Herzog von York, mit seinen Soldaten, die frische weiße Rosen auf ihren Lanzenspitzen trugen und Lieder von Ehre, Mut und Sieg sangen, nach London marschierte, stolperte König Heinrich VI. allein durch Tannenwälder, zwängte sich durch Gebüsche, kroch durch Felsspalten, erschrak über auffliegende Fasane, zählte Kuckucksrufe, die ihm die verbleibenden Jahre angaben, oder die Monate?, kratzte sich an Brombeerranken blutig, blieb an Wurzeln hängen, glitt auf nassen Steinen aus, rutschte Lehmhalden hinunter und aß, auf Baumstrünken sitzend, Pilze und Heidelbeeren und dachte, kauend, ohne das Gekaute zu schmecken, über seine Niederlage, seine Feigheit und seine Ehrlosigkeit nach, und seine Niederlage kam ihm immer sinnvoller, seine Feigheit immer menschlicher und seine Ehrlosigkeit immer mutiger vor, so daß, als er endlich verdreckt und müde durch die Straßen seiner Hauptstadt seinem Palast zuschlurfte – niemand erkannte in dem nassen Waldmenschen den

Monarchen –, sein Äußeres gewachsen und sein Inneres geschrumpft war – er war jetzt kein Kind mehr, das von Größe phantasierte, sondern ein Erwachsener, der sich nach dem Verschwinden sehnte –, und er vor sich hin brummelte, zum Teufel, warum hat es just mich auf diesen Scheißthron verschlagen, und die Türhüter anherrschte, was soll das, kennt ihr euern Herrn nicht mehr?, und mit einer satten Wut auf alle Machtausübung die Treppen hinaufging und den Thronsaal betrat, der voller Menschen war, die aufeinander einredeten, weil Richard Plantagenet sich, ohne jemanden zu fragen, auf Heinrichs Thron gesetzt hatte und keiner wußte, wie er sich verhalten sollte ohne einen Befehl seines Königs, aber der war nicht da, so daß Heinrich, als er dies Getümmel sah, gleich rechtsumkehrt machen wollte – aber da hatten ein paar seiner Getreuen das Quietschen der Tür schon gehört und ihren weghuschenden Herrn erkannt und gerufen, da ist er ja, der Herrliche, der das Machtwort sprechen wird, und Heinrich machte also die Tür wieder auf und schraubte seinen Kopf aus den Schultern heraus und ging durch eine Gasse erwartungsfroher Edler auf den Thron zu, auf dem der Herzog von York wie ein verängstigter Tiger saß, und sagte, Richard, obwohl ich dreckige Schuhe und Hosen wie Ofenrohre habe, bin ich Heinrich VI., der Sohn Heinrichs V., der Enkel Heinrichs IV., und der Herzog von York lachte schrill und rief, das ist eine Genealogie von Thronräubern, *ich* will die Krone, worauf Heinrich – denn das wäre die Lösung all seiner Probleme gewesen – erst einmal gar nichts sagte, weil er wußte, so eine Lösung durfte er nicht bedenken, geschweige denn aussprechen, alle seine Leute erwarteten jetzt ein Königswort, und so sagte er, York, machen wirs so, ich anerkenne deinen Anspruch, wenn du meinen bis zu meinem Tod gelten läßt, und der Herzog von York war so verblüfft, daß er aufstand, die Schwurfinger hob und zur Tür hinausrauschte, einen König hinterlassend, der aufseufzend auf seinen Thron sank und die verdreckten Schuhe aufzuschnüren begann, während seine Ratgeber wie Hummeln durch den Palast surrten, die sensationelle Neuigkeit in Küchen und Ställen zu verbreiten, und Margarete, die Königin, hörte sie als erste und stürzte die Treppen hinunter dem Thronsaal zu, wo Heinrich, als er ihre Schritte kommen hörte, sich dünnmachen wollte, aber wie sollte er das mit einem Schuh am Fuß und dem andern in der Hand?, und Margarete ihn am Kragen packte und ihn schüttelte und wie von Sinnen schrie, was, du verschenkst die Krone?, und ich?, und dein Sohn?, denn Margarete hatte jetzt einen Sohn, Heinrichs Sohn, obwohl sich am Hof noch immer, einem alten Vorurteil folgend, niemand vorstellen konnte, daß der König und die Königin, wie denn, um Himmels willen, sollte das gehen, das Königsschwänzchen und der gierige Schlund dieser Frau, so daß die einen im Babygesicht des Thronfolgers die Nase des Herzogs von Somerset erkannten und die andern das Kinn des Grafen von Warwick, wie dem auch sei, Margarete schrie jedenfalls, *sie* hätte das nie getan, *sie* hätte keinen Fingerbreit nachgegeben, *sie* kenne keine Gefühle, *sie* betrachte sich als geschieden, komm Sohn, und so ragten wieder einmal die Speere zweier Heere einander entgegen, einer Ehre wegen, die wir nie ganz verstehen werden, denn wir stünden, lebten wir in jenem heftigen Jahrhundert, in der ersten Reihe der Armee Margaretes oder Yorks, da wo die Speere sich ihre allerersten Ziele suchen, nun ja, jedenfalls schmetterten wieder die Trompeten, und Männer wie du und ich rannten erneut brüllend in den Speerwall des Feindes hinein und waren tot und wurden mit den Füßen von den Speeren gestreift, bevor die nächste brüllende Männerwoge kam, denn es kam drauf an, wer schneller war, die Männerbrandung oder die Speerabstreifer, denn wenn diese zu langsam abstreiften, wurden sie überrannt und in

Stücke gehauen, so daß es für die Angreifer lebenswichtig war, möglichst schnell in den Tod zu gehen, weil dieser ihnen, wenn sie es langsam taten, noch sicherer war, und so war nach kurzer Zeit das Schlachtfeld von Rosen übersät, hauptsächlich von weißen, die sich im Blut ihrer toten Träger rot färbten, und Margarete – sie lachte mit blutverschmierten Zähnen – schleifte den Herzog von York an den Haaren hinter sich her und setzte ihn auf einen Leichenhaufen und rief, das ist jetzt dein Thron, Schöner, und dies – sie setzte ihm eine Papiermütze auf – deine Krone, du Arschloch, und der Herzog von York saß auf den Körpern seiner Vasallen und stierte vor sich hin, und als Margarete rief, Herzchen, schau mal da oben, eine Friedenstaube, hob er den Kopf, und sie schlug ihn ihm ab – seine Augen sahen noch immer suchend in den Himmel – und stellte ihn aufs Stadttor von York, damit die Bewohner wußten, wer in England die Hosen anhatte, jedenfalls nicht mehr ihr Herzog,

so daß jedermann dachte, uff, endlich, ist ja egal, wer der Sieger ist, Friede ist Friede und die armen Seelen haben ihre Ruhe, und alle wieder hinter ihren Pflügen hergingen und auf ihre Ambosse schlugen und sogar Heinrich mit seinem treuesten Berater, dem Grafen von Warwick, der

LEIBGARDIST

triumphierenden Königin entgegenzog und sie auf die blutverkrusteten Wangen küßte und sagte, verzeih, Liebste, das hast du wirklich gut gemacht, andrerseits, kann man sein Reich denn nicht ohne Massenmorde bewahren?, bis Warwick die Schwäche seines Königs nicht mehr länger mit ansehen konnte und mit verhängten Zügeln in den Süden ritt, wo er Edward und Richard, den Söhnen des Herzogs von York, seine Treue anbot, zweien von den drei Söhnen, die die Schlacht überlebt hatten, denn der dritte ritt gerade, weil er die Sache der Yorks für verloren hielt, mit verhängten Zügeln nordwärts, um Margarete seine Treue anzubieten, item, Warwick stieg vom Pferd und rief, stellt euch vor, der König hält sich nicht mehr die Ohren zu, sondern er will die Schreie der Gequälten hören, nicht mehr die Augen zu, weil er die Tränen der Witwen sehen will, nicht mehr den Mund, denn er sagt nun, was er denkt, dieser Versager, und die Söhne des Herzogs von York lachten aus vollem Hals, so eine Erfahrung wirst du bei uns nicht machen, und morgen lachen wir wie heute Margarete,

die beim Siegesessen ihren Mann anbrüllte, ob er wahnsinnig geworden sei?, wie er denn herrschen wolle, wenn er nicht töten könne?, befehlen, wenn er den Schmerz der Untertanen verstünde?, verschwenden, wenn er über den Hunger der Armen nachdenke?, leben, wenn er seinen Getreuen traue?, und Heinrich fühlte, wie sein Körper unter den Worten seiner Frau einschrumpfte, er bekam wieder eine helle Stimme, mit der er schließlich fragte, was er denn tun solle, und Margarete sagte es ihm, nämlich, er werde in den kommenden Schlachten in seinem Zimmer bleiben und ein gutes Buch lesen und dafür sorgen, daß ihn kein Soldat zu Gesicht bekomme, denn wie solle sie zehntausend Mann in den Tod treiben, wenn ihr eigener Mann vor dem Sterben Angst habe, bis Heinrich die Stimme dieser Frau einfach nicht mehr hören konnte und aufstand und ihr die Hände küßte und murmelte, du bist so gut zu mir, und mit einem Schädel, der unter dem Gewicht seines schlechten Gewissens fast in seinen Schultern verschwand, in den Thronsaal hinaufrannte, wo er sich auf den Thron setzte und einen Sherry trank und in einem Buch las, das von Lämmern und Wölfen handelte, die gemeinsam aus *einer* Quelle tranken, während von ferne der Lärm der nächsten Schlacht zu ihm drang, so daß er immer fahriger in den Beschreibungen der weisen Einrichtungen Gottes blätterte und plötzlich aufsprang und dem Lärm der Kämpfenden nachging, bis er sie sah, unter sich auf einer unendlichen Ebene, kleine Männer mit roten und weißen Punkten auf den Helmen, von Horizont zu Horizont, und sich auf einen Maulwurfshügel setzte und zuschaute, wie Pferde in Speere rannten und umkippten, Stahlrüstungen richtungslos, mit einem Spieß im Rücken, durch Kämpfende torkelten, die sich um sie nicht mehr kümmerten, Ritter ohne Köpfe auf wahnsinnig gewordenen Pferden übers Schlachtfeld rasten, armlose blutspeiende Kämpfer den Streichen ihrer Gegner mit wilden Sprüngen auswichen, bis sie, statt neben, in einen Hieb sprangen, Eingekesselte in panischem Entsetzen Stahlkugeln an Ketten um sich schwangen, bis die Kugeln sich irgendwo verhakten und ihnen zehn Lanzen gleichzeitig in die Gedärme fuhren, Männer ihr Schwert triumphbrüllend in den Kopf eines Gegners sausen ließen, ohne zu bemerken, daß hinter ihnen schon ein anderer das Schwert anhob und den Mund zum Brüllen öffnete und ihr Maul in zwei Grinshälften schnitt, Söhne Väter erschlugen und Väter Söhne, und als Heinrich all das gesehen hatte und das Töten noch immer nicht aufhörte, schloß er die Augen und hielt sich die Ohren zu und dachte mit aller Kraft an sein Buch, das Buch der Bücher, und als er die Hände von den Ohren nahm, war es ruhig geworden, und er öffnete die Augen und sah, wie die beiden Söhne des Herzogs von York über Leichen stelzten und sie mit den Fußspitzen auf den Rücken drehten und besonders verhaßten Gegnern Tritte in die Gesichter gaben, bis sie schließlich fortgingen, in die Hauptstadt, die nun die ihre war, um Edward, den ältesten, zu König Edward IV. zu machen, und Heinrich stand seufzend von seinem Hügel auf, jetzt hatte er, wonach er sich so lange gesehnt hatte, und ging nordwärts nach Schottland, in dessen Hochmooren er jene paradiesische Ruhe zu finden hoffte, die eine innere Sonne ihm früher einmal für sein eigenes Leben versprochen hatte und die es, wenn überhaupt irgendwo auf dieser verdammten Nebelinsel, nur dort oben geben konnte, bei den Seeschlangen in den Wassern und den Trollen in den Sümpfen, und er ging und ging, sich mit jedem Schritt aus einem Herrscher in einen Untertan verwandelnd, und sah endlich die Paradiesseen und die zauberdampfenden Moore vor sich, in denen er eine Hütte bauen und das Buch der Bücher nochmals schreiben wollte, aus dem Gedächtnis und noch großartiger, ohne jene Kapitel, in denen Augen eingedrückt und Zähne eingeschlagen wurden, dafür bereichert um lange Schilderungen, in denen Eichhörnchen Haselmäuse küßten, aber da wurde er von zwei Waldwächtern überwältigt, seinen eigenen Beamten, und nach London geschleppt und im Tower abgeliefert, wo er in eine dunkle Zelle geworfen wurde und sich auf eine Pritsche mit Stroh setzte und im Kopf sofort ein weiteres Kapitel der Schöpfung der Welt schrieb, während König Edward auf seinem Thron saß, neben dem noch immer Heinrichs Bibel da aufgeschlagen war, wo ein Geohrfeigter dem Ohrfeiger seine andere Wange hinhält, und seine Füße auf jenen Tisch gelegt hatte, aus dessen eingelegter Weltkarte schon seine Vorgänger manchen weltpolitischen Einfall geschöpft hatten – das Tote Meer, Sizilien, den Kaukasus –, und die Sporen seiner Stiefel auf Paris zeigten, und er sagte, na klar, Warwick, treuer Freund, geh nach Paris und bitte Ludwig, unsern Bruder auf dem Thron von Frankreich, um die Hand seiner Schwester, er hat doch eine?, wir gedenken nämlich – alle lachten donnernd – das von unserm Vorgänger verhühnerte Reich auf dem Schwanzwege zurückzugewinnen, und Warwick verneigte sich und rüstete ein Schiff aus, das hinter einem geheimnisvollen Viermaster dreinfuhr, auf dessen Wimpeln die schärfsten Augen rote Rosen zu erkennen glaubten, und tatsächlich fuhr auf diesem Schiff Margarete, die besser Französisch konnte als Warwick, der die Spargel von ihrer holzigen Seite her aß und in Artischocken wie in Gurken biß, jedoch von all dem ahnte Edward noch gar nichts, er saß gutgelaunt auf seinem Thron und genoß das Regieren – wo sind die Bittsteller von heute? Nur einer? Euch gehts wohl zu gut in meinem Reich, daß ihr nichts zu bitten habt? – und nickte dem einzigen Bittsteller gnädig zu, einer jungen Frau mit langen blonden Haaren, die sich vor ihm verneigte und in dieser Stellung verharrte, so daß Edward ihre kleinen weißen Brüste sah, ahh, tief einatmete und die Füße vom Tisch nahm und sagte, erheben Sie sich, Lady, was kann ich für Sie tun?, und die Frau sich aufrichtete und sagte, mein Mann ist im Kampf gefallen, ach, und ich bitte um die Überschreibung seiner Güter auf meinen Namen, und Edward sie anstarrte und immer schöner fand, jaa, darüber wäre zu reden, und er sie nochmals ansah, von unten bis oben, und am liebsten gesagt hätte, drehen Sie sich um, damit ich Ihren Hintern betrachten kann, aber das doch nicht tat, sondern schließlich sagte, jaa, ich will Euch diese Bitte gewähren, und die Frau wieder knickste und er wieder ihre Brüste sah, unter der Bedingung, daß Ihr mich liebt, und die Frau lächelte, aber, Herrscher, natürlich liebe ich Euch, und Edward schrie, Herrgott, bist du schwer von Begriff, ficken meine ich, und alle, die im Thronsaal herumstanden, betreten zu Boden sahen, nur die Frau nicht, die sehr ruhig sagte, nein, König, das nicht, und sich umdrehte und ging, und Edward nun auch ihren Hintern sah, wie er, in einem engen Seidenkleid, der Tür zuwippte, und schrie, bleib, höre, ich heirate dich, und die Frau sich unter der Tür umdrehte, nun doch rot geworden, und sagte, Edward, das geht nicht, ich bin zu stolz, dein Bettmädchen zu sein, aber zu gering, die Gattin eines Königs, und Edward schrie, ich kann machen, was ich will, ich bin schließlich der König, und die Frau am Handgelenk faßte und in die Kapelle zerrte, wo beide getraut wurden im Namen des Vaters, des Sohnes und des Heiligen Geistes, bevor sie in Edwards Zimmer stürzten und sich als das erkannten, was sie waren, als ein geiles Kind und eine Witwe ohne eine andere Hoffnung, während unten im Thronsaal Richard kicherte, der König von Frankreich wird meinen großen Bruder auch ficken, und zwar in den Arsch, und dann werde ich König sein, ich, König Richard der Dritte, und in sein Zimmer rannte und sich aufs Bett warf und sich seinen heißesten Gedanken hingab, dem Abschlagen von Köpfen und dem Quälen von Frauen, bis er ermattet einschlief,

während Margarete nun in Paris eingetroffen war und sich mit Ludwig XI. von Frankreich so lange mit vollendeter *civilisation* unterhielt, bis

Warwick den Saal betrat und, Margaretes Mordblicke übersehend, vor Ludwig in die Knie sank und rief, einen Herzensgruß von Eurem Bruder Edward, und er bittet um die Hand Eurer Schwester, Ihr habt doch eine?, und Ludwig den seenassen Botschafter aus England lächelnd hochhob – wollt Ihr einen Spargel oder eine Artischocke? – und sagte, wie sicher sitzt dieser Edward denn auf dem Thron?, und Warwick sagte, wie ein Krater im Mond, und Ludwig, wie liebt denn das Volk meinen Bruder Edward?, und Warwick, wie es die Morgensonne liebt, und, wie stehen denn die Vasallen zu meinem lieben Bruder Edward?, und, wie die Schafe zum Hirten, und ein breites Lächeln über das Gesicht Ludwigs XI. zog und er die Hand seiner Schwester faßte und sie in die Warwicks legte, nimm sie, seit Jahren träumt sie davon, das Wunder der Ehe erleben zu dürfen, jetzt ist es soweit, und Warwick sich trunken vor Glück verneigte und Margarete kreideweiß wurde, worauf aber plötzlich ein Bote drei Briefe brachte – einen an den König, einen an Warwick, einen an Margarete –, die alle dieselbe Botschaft enthielten, welche jedoch drei verschiedene Wirkungen auslöste, nämlich Margarete fand ihre Farbe wieder und lachte hysterisch, Ludwig stand so heftig von seinem Thron auf, daß der umfiel, seine Schwester brach in Tränen aus, nachdem sie den zu Boden gefallenen Brief überflogen hatte, und Warwick sank vor Margarete in die Knie und schluchzte, Edward ist ein Schwein, ich habe es immer gesagt, ich will Euch treu sein, und Ludwig überließ den beiden 5000 französische Soldaten, den lüsternen König von England und seine Metze aus dem Bett zu kippen,

was Edward nicht verborgen blieb während seiner Liebesnächte, er rief seine Gefährten zu den Waffen und schlief nun, um zu zeigen, daß er ein König war, sitzend in einem Stuhl in einem Zelt auf dem geplanten Schlachtfeld, mit zwei Schildwachen vor der Tür, und das war ein Fehler, denn Warwick und Margarete drangen nachts in sein Zelt ein und schnappten ihn sich, so daß dieser Krieg entschieden war, bevor er begonnen hatte, und Heinrich aus dem Tower befreit wurde und sich wieder auf den Thron setzte, wo er die immer noch auf derselben Seite aufgeschlagene Bibel fand, ahh, sie hat mir doch gefehlt, meine eigene Schöpfungsgeschichte ist doch nicht so gut wie diese da, und Warwick und Margarete zunickte und sagte, treuer Warwick, liebe Margarete, ich überlasse euch das Regieren, laßt mich ein König ohne Überblick sein, ein Kutscher ohne Zügel, ich will endgültig hier sitzen bleiben und von der milden Sonne des

Paradieses lesen, denn ich weiß jetzt, was ich will, ich will ein Lamm sein,

aber auch Edward blieb nicht lange gefangen, denn sein Bruder Richard befreite ihn und fuhr mit ihm nach Flandern und kam mit 5000 burgundischen Soldaten zurück, und folglich gab es erneut eine Schlacht, in der Heinrich bibellesend im Thronsaal sitzen blieb, mit einer Sherryflasche und ohne Schutz, denn er war sicher, daß sich seine unendliche Güte nun auszahlen und das Volk ihn freiwillig in Ruhe lassen würde, aber auch das war ein Irrtum, denn Edward stürmte, statt aufs Schlachtfeld, in den Palast und verhaftete Heinrich, der wieder nicht Zeit fand, die Bibel mitzunehmen und den Sherry, und sich in seiner Zelle auf seiner noch sitzwarmen Pritsche wiederfand, wo er die Geschichte der Schöpfung der Welt an der Stelle fortsetzte, an der er bei seiner letzten Befreiung unterbrochen worden war,

während Warwick und Margarete ungeduldig auf Verbündete und Gegner warteten, denn wieder wurde die Treue aller auf eine harte Probe gestellt, und tatsächlich entschied sich der dritte Bruder des Hauses York plötzlich für Edward und Richard, so daß Warwick und Margarete mit denen kämpfen mußten, die übrigblieben, und es ihnen wenig nützte, daß sie es wie die Teufel taten und sogar der Prinz zum Mann reifte, das heißt mutig und frech und von Edward und Richard erschlagen wurde, und Warwick starb und Margarete nun in den Tower geführt wurde, kurz und gut, endlich tanzten alle Yorks siegestrunken auf den Körpern ihrer Feinde herum, nur Richard nicht, der ließ seine Brüder tanzen und ging statt dessen in den Tower, in die Zelle Heinrichs, der die Schöpfungsgeschichte in seinem Kopf fast zu Ende gebracht hatte – jede Schöpfung schlägt, wenn sie fertig ist, in ihr Gegenteil um – und Richard furchtlos in die Augen sah – deinetwegen werden noch viele Menschen weinen, mein Wolf – und versuchte, als Richard sein Schwert aus der Scheide zog, die Welt in seinem Kopf noch schnell völlig zu Ende zu schöpfen, während er schon die Klinge auf sich zusausen und dann, falls ihm eine Sekunde der Empfindungskraft blieb, vom Boden aus seinen auf die Pritsche umsinkenden Rumpf sah und seinen Mörder Richard, der, die Füße voran, mit zweiunddreißig Zähnen im Mund zur Welt gekommen war und nur ein Ziel kannte, den lichtumspülten Thron des Königreichs England, auf dem jetzt noch Edward saß, seine kichernde Frau auf dem Schoß, einen Sieg feiernd, den er für ewig hielt.

KÖNIG RICHARD III.

Als Richard Plantagenet, der Herzog von York – er hatte eben Heinrich VI., den letzten König aus dem Haus Lancaster, umgebracht –, in einer hellen Vollmondnacht nach Hause ging, bemerkte er, jäh und doch ohne es vorerst zu glauben, daß er sich verändert hatte. Er war nicht mehr, wie eben noch, der gesichtslose kleine Bruder des großen Königs Edward, sondern hatte plötzlich – er spürte es, als er mit beiden Händen immer schneller, immer entsetzter über seinen Rücken strich – einen Buckel bekommen. Er hinkte jetzt. Er stank nun aus einem Maul, in dem spitze Wolfszähne saßen. Voll böser Ahnungen spiegelte er sich im Schein des Monds in einer Pfütze: seine Augen schielten tatsächlich, und sein Gesicht war eine Fratze geworden. Sein Lächeln – mit einem charmanten Scherz noch hatte er Heinrich umgebracht, wie ein Ballettänzer noch hatte er den Sohn Heinrichs ermordet – war teuflisch. Seine innere Natur hatte sich mit einem plötzlichen Ruck nach außen gestülpt. War er immer schon so gewesen, ein Schleichzwerg, und hatte es nie bemerkt? Oder hatte die papierdünne Haut seines Körpers dem Druck des Dämons in ihm mit einem Mal nicht mehr standhalten können? Vor sich hin redend hinkte er durch einen immer dichter werdenden Nebel, durch den der Mond kaum mehr drang. Als ihm ein Hund entgegenkam und ihn anbellte, heulte er wie ein wunder Wolf auf – Mond, so viel Nebel gibt es nicht, all das vergossene Blut vor dir zu verbergen – und schrie, ahh, ich werde aus meiner Not eine Tugend machen und in dieser entsetzlichen Welt der Entsetzlichste werden. Das wird nicht einfach sein, Mond. Es gab keinen in seiner Nähe, der seinen Weg mordlos gegangen wäre. Wer im Palast zugelassen war, hatte sich den Zugang mit Schwert und Feuer freigeräumt. König Edward, sein Bruder, war ein Mörder. George, sein anderer Bruder, war ein Mörder. Die gepflegten Grafen waren Mörder, die schleimigen Barone, die hochfahrenden Herzöge. Die Erzbischöfe und Kardinäle waren Mörder. Die angestellten Mörder, gesichtslose Männer in unauffälligen Kleidern, waren Mörder. Sogar die Frauen waren Mörderinnen, und die, die es nicht waren, schliefen mit Mördern, es gab ja keine andern Männer, und gebaren Kinder, die wie zukünftige Mörder erzogen wurden oder wie ihre Opfer. Was sollten sie tun? Es war eine Zeit, in der die Bewohner der Paläste (die Bewohner der Hütten lebten noch weit zufälliger) nur zwei Möglichkeiten hatten, entweder sie hielten den Griff eines Schwerts in der Hand, oder sie hatten die Klinge eines Schwerts am Hals. Ein jeder hieb ungezählte Köpfe ab, Köpfe von Freunden, von Söhnen, von Freundinnen auch, ja was sollte man da machen?, und fast jeder ging dann, ja so war halt das Leben!, an einem nebligen Morgen selbst über einen Hof auf einen Holzblock zu, neben dem ein Mann mit einer Kapuze über dem Kopf und einem Beil in der Hand stand. Es ist unfaßbar, mit welcher Selbstverständlichkeit jeder seinen Kopf auf den Spaltstock legte. Keiner versuchte, schreiend über die Hofmauer zu klettern. Keiner stürzte sich auf den Henker. Keiner rannte mit der Eisenkugel am Bein auf die Zugbrücke zu. Alle legten, einem Naturgesetz gehorchend, den Kopf auf den Block. Sie atmeten nicht schneller als sonst. Das Naturgesetz hieß, daß es eine Macht geben und daß sie durch das Schwert ausgeübt werden mußte, und so starb jeder im Einklang mit der Natur der Dinge. Es gab immer zehntausend andere, die sich auf dem Weg drängten, der zum Richtblock führte. Jeder wußte es. Jeder redete sich ein, daß gerade er den Griff des Todesbeils

HENKER

in die Hand bekommen werde statt die Klinge in den Hals.

Richard hatte sich noch kaum an sein verändertes Aussehen gewöhnt, da kam ihm, von zehn Palastwächtern gestoßen und getreten, sein Bruder George entgegen. Dieser war so verstört, daß er seinen Bruder sofort erkannte. Man schleppt mich in den Tower, rief er. Was habe ich Böses getan? Richard strich ihm über den Kopf. Mond, Mond, murmelte er, Abel mag ein lieber Mensch gewesen sein, aber Kain hatte danach das Linsengericht.

Er war schon beinah im Palast angekommen – der Nebel war nun dicht und gelb –, als er plötzlich vor der Witwe des Sohns Heinrichs VI. stand. Sie tauchte wie eine Erscheinung auf, eine junge schmale Frau mit einem Gesicht aus Wachs, und Richard fand keine Zeit mehr, im Schwarz des nächsten Hauseingangs zu verschwinden. Er wußte, daß sie wußte, wer ihren Geliebten getötet hatte. Sie blieb wie versteinert stehen und stützte sich auf einen Sarg, den vier Männer hinter ihr hertrugen. Dann schrie sie los. Sie schrie und schrie. Als sie Atem schöpfte, sagte Richard lächelnd, Anna, ich liebe Sie. Anna sah ihn mit offenem Mund an. Ich kenne keinen schöneren Körper als deinen, sagte Richard. Anna spuckte ihn an. Ich will dich besitzen, Geliebte, und dich in ein Glück der Sinne führen, zu dem dir bislang keiner den Weg weisen konnte. Anna trat ihn mit ihren spitzen Schuhen. Ich will, sagte Richard, Kinder mit dir haben. Mörder, schrie Anna. Mörder. Richard lächelte und nahm sein Schwert aus der Scheide – es war rot vom Blut Heinrichs VI. –, gab es Anna, stellte sich vor sie hin und riß sich das Hemd auf. Stich zu, Geliebte. Anna starrte auf die breite haarige Brust Richards und hob das Schwert und setzte es wieder ab, hob es ein zweites Mal und setzte es wieder ab und starrte auf die Muskeln ihres Feinds und hob das Schwert ein drittes Mal und ließ es fallen. Sie stand unbeweglich. Richard hob das Schwert auf und sagte leise, Anna, befiehl mir, daß ich mich selber töte. Ich tue es. Anna schwieg. Langsam nahm Richard ihre Hand und streifte ihr einen Ring über den Ringfinger, und sie ließ es zu und stürzte schluchzend davon. Richard gab den Sargträgern einen Wink, und diese verscharrten den Körper des Mannes Annas.

Endlich kam Richard im Palast an – Mond, diese Nacht wird noch lange dauern –, wo sein Bruder Edward krank lag. Niemand kannte die Gründe seiner plötzlichen Erkrankung. Elisabeth, seine Frau, ging mit ihren Brüdern, Söhnen aus erster Ehe, Onkeln und Vettern, die sie alle von Schafzüchtern und Großbauern zu Baronen und Grafen befördert hatte, im Thronsaal auf und ab und rang die Hände und rief, was wird aus mir werden, wenn Edward stirbt? Was aus euch? Wer wird euren neuen Adel ernst nehmen? Wer meinen? Ist es meine Schuld, daß Edward sich in die Fülle meines Fleischs verliebt hat? Daß ich Schafe melken kann und nicht Harfe spielen? Ach, Mond, du gehst seit Jahrmillionen der Sonne aus dem Weg. Sag mir, wie ich dem glühenden Richard entkommen kann. Was für eine Zeit, Mond, in der eine Frau ungefragt in das Bett eines Königs geholt wird und es ungetötet nicht mehr verlassen darf. Ich weiß zuviel. Ich kenne die Morde der andern. Ich darf niemanden mehr aus den Augen lassen. Meine eigenen Söhne werden sich eines Tages zerfleischen, Mond. Sie verstummte, denn Richard betrat den Saal. Sie bemerkte nicht, daß er jetzt hinkte und Feuer spie. Edle Elisabeth, sagte er und faltete die Hände. Gottes Wege sind geheimnisvoll. Der Mensch kommet und gehet. Wir alle werden Edward vermissen. Aber sag mir, Liebe, warum du mich immer wie einen Teufel behandelst, mich, den die Fliegen lieben, weil ich ihnen kein Leids antue? Bevor Elisabeth antworten konnte, ging die Tür mit einem Knall auf, und Margarete, die alte Königin Margarete, die Witwe Heinrichs VI., stand im Thronsaal, ein Gespenst in einer von Motten zerfressenen Königinnenrobe, auch sie eine Mörderin, denn sie hatte Richards Vater und seinen jüngsten Bruder abgeschlachtet, sie ging mit glühenden Augen auf Elisabeth und Richard zu, obwohl sie bei Todesstrafe vom Hof verbannt war, aber sie lachte der Drohung hohn, denn eine Todesdrohung war zu jener Zeit eine Zusicherung des Lebens, weil bei den wirklichen Toden nicht gedroht wurde, sondern diese senkten sich wie Jagdfalken über ihre Opfer. Margarete rief, Elisabeth, du sitzt auf einem Thron, der mir gebührt. Richard, du wirst alle Männer in diesem Saal überleben, aber die Königin und ich werden an deiner Leiche stehen. Richard ließ sie reden. Es war nicht so wichtig. Er wußte ja, daß er ein Mörder war. Er klingelte und gab zwei gesichtslosen Männern den Auftrag, in den Tower zu gehen.

In den Zellen des Tower floß in jenen Jahren soviel Blut, daß es nicht mehr aufgewischt werden konnte und durch Ritzen und Luken sickerte. Es drang durch Böden und Außenwände, und Bürger, die Gesichter machten, als wäre nichts, sahen die Wundmale der Königsburg. Mond, die Gefängnisse weinen. Es tropfte von den Zellendecken, und sogar der Kommandeur hatte beim Speisen zuweilen seine Pantoffeln in einer Blutlache. In diesem Tower lag George schlafend. Vor seiner Pritsche standen die beiden gesichtslosen Männer, mit Messern in der Hand. Sie fühlten sich elend, nicht weil sie morden sollten, sie waren ja Mörder, sondern weil sie Herzbisse in sich spürten und sich nicht auf der Höhe ihrer Zeit fühlten. Sie waren Versager. Sie bewunderten ihre Auftraggeber, die nie von den Stimmen der Schuld an der Ausführung des Notwendigen gehindert wurden. Das war es, das Gewissen war die Fessel der Kleinen, es hinderte sie daran, mit den Großen Schritt zu halten, und war die Wurzel der Ungleichheit. George wachte auf. Seid ihr meine Mörder? fragte er. Die Mörder nickten. Sie sprachen miteinander – George versuchte ihnen ihren Auftrag auszureden –, aber jeder wußte zu jeder Sekunde des Gesprächs, daß an seinem Ende die Messer in Georges Genick stecken würden. Mond, ein Mord, was ist das schon?

König Edward, in seinem Palast, spürte indessen immer deutlicher, daß er die Spannung, die er selber in sich und um sich herum verursacht hatte, nicht mehr aushielt. Jetzt, wo er schwach war, wollte er alle andern auch schwach sehen. Er versammelte sie um sich: seine Frau, die Karrierebarone und die neuen Grafen und die frechen Söhne aus erster Ehe, die treuen alten Edlen, die Erzbischöfe und Kardinäle, und Richard. Habt euch lieb, sagte er mit einer schwachen Stimme. Umarmt euch. Ich, der König, will es. Alle umarmten sich. Elisabeth, in den Armen Richards, fühlte Hoffnung in ihrem Herzen aufsteigen, eine Sekunde lang, dann betrat ein Bote den Saal und meldete den Tod Georges. Alle fuhren auseinander. Edward wurde kreideweiß. Richard war so entrüstet über den nachlässigen Schutz seines liebsten Bruders, daß Edward das Gewicht seiner Schuld untragbar werden spürte und aus dem Thronsaal wankte und tot zusammenbrach. Mond, murmelte, am Fenster stehend, die alte Herzogin von York, die Mutter Edwards, Richards und Georges. Du allein wirst eines natürlichen Todes sterben, denn nur am Himmel gibt es keine Richarde, in deren Kometenschweif du geraten könntest. Wir aber, Mond! Schau Elisabeth an. Sie weiß, daß ihr Mann draußen liegt. Sieh, wie sie zögernd die Tür öffnet. Hör sie. Das ist nicht der Ruf der Trauer, Mond, das ist der Schrei der Angst.

Wer hatte keine Angst zu dieser Zeit? Der König selbst war vor seiner Angst in den Tod geflohen. George hatte es aufgegeben, Argumente gegen seine Ermordung zu suchen. Die Erzbischöfe trugen ihre Roben wie Panzerhemden und riefen nach ihrem Gott wie nach einer Schildwache oder einem Totschläger. Die Aufsteigergrafen und die

Frischbarone rafften Gold und Geld zusammen, als sammelten sie Schwaneneier auf einem auftauenden See. Die Söhne aus erster Ehe stellten alteingesessenen Komtessen nach, aber in ihren Betten trauten sie sich nicht, auch nur die Schuhe auszuziehen. Die Frauen der Mörder schlossen die Augen. Die Häuser der Bürger wurden um sechs Uhr früh von Königsbeamten leergeräumt. Tausende von Menschen verschwanden spurlos. Niemand sprach von ihnen, es war, als habe es sie nie gegeben. Die Alten dachten an die friedfertigen Regimes von früher, aber sie sprachen nie davon. Ihre Erinnerungen konnten ihnen gefährlich werden. Einzig Richard glaubte, keine Angst zu haben, weil er sich für ihren Verursacher hielt. Er merkte nicht, daß er die Angst in den andern verursachte, um sie aus sich selber herauszubekommen, diese entsetzliche Angst überall im Körper und im Kopf. Er merkte nicht, daß der einzige Mensch ohne Angst nicht er, sondern die alte Margarete war, die sich nicht mehr um die Naturgesetze kümmerte.

Wenige Minuten nach dem Tod Edwards ließ Richard alle Söhne aus erster Ehe, Vettern, Brüder und Onkel verhaften. Alle legten beinah stolz, fast freudig den Kopf auf den Block und empfingen den Tod, den Beweis ihres Standes. Elisabeth faßte sich an den Hals und floh mit einem ihrer königlichen Söhne (der andere, der Thronfolger, kam im Galopp aus Wales angeritten) in ein Kloster. Mond, mir ist bang.

Denn Richard hatte eine Versammlung aller Edlen im Tower angeordnet, um die Frage der Nachfolge zu klären. Er ging dem Thronfolger, Edwards Sohn, bis zum Stadttor entgegen. Gott schütze Euch, Prinz, sagte er und beugte sein Haupt. Tag, Onkel, rief der Prinz von seinem Pony herunter. Was für ein herrlicher Tag! Ich werde Frankreich erobern! Welch ein Leben! Welche Kraft in mir! Wo sind meine Mutter und mein Bruder, Onkel? Alle – der Prinz, Richard, die Edlen – gingen lachend und scherzend in den Tower. Alle hatten einen klaren Blick für die Hälse der andern und einen trüben für die eigenen. Alle nickten, als Richard sie fragte, ob sie den jungen Prinzen für einen geeigneten König hielten, und das war falsch, und ihre Stunde war gekommen. Ihre blendende Laune machte sofort jener Gelassenheit Platz, mit der man damals starb. Alle verabschiedeten sich höflich und voller Gefühl voneinander. Dann lagen ihre Köpfe nebeneinander auf dem Parkett. Onkel, Onkel, warum hast du meine Freunde getötet? Prinz, mein Prinz, sie waren Verräter.

Nun ließ Richard überall im Land Versammlungen abhalten. Buckingham, sein treuster Freund, sprach von der Verantwortung, der Notwendigkeit, dem Gemeinwohl, der Sicherheit, der Stärke und daß der junge Prinz, einmal müsse es gesagt sein, kein Sohn des edlen toten Königs sein könne, denn damals sei dieser ja, wie jedermann wisse, im Feld gewesen, und Elisabeth sei nicht jungfräulich in den Palast gekommen, sondern mit einer Rotte von Söhnen aus frühern Betten, nun, damit wolle er nichts gesagt haben, dagegen wolle er daran erinnern, daß auch Edward, der tote König, zu einem merkwürdigen Zeitpunkt dem Leib der Herzogin von York entsprungen sei, denn der alte Herzog sei damals schon über ein Jahr in Frankreich gewesen – so redete Buckingham überall, und dann rief er: Lang lebe Richard, und sang alle Strophen der Königshymne, aber niemand stimmte in seinen Ruf ein, und er mußte das ganze Lied allein singen, in die kalten Augen der Bürger starrend. Nichts half. Richard ließ sich nur noch zwischen Bischöfen sehen, mit Gebetsbüchern in den Händen. Niemand rief ihn auf den Thron. Nur bestellte Rufer riefen ihn, aber da das Volk ihnen nicht glaubte, verhallten ihre Rufe. Richard hetzte immer unruhiger in seinem Zimmer auf und ab. Er sah auf seine nachtschwarze Hauptstadt. Schließlich war es ihm zuviel, diese tödliche Stille. Er öffnete ein

Fenster und heulte wie ein Wolf über die Dächer hin. Mond, regiert nicht sogar Gott, ohne seine Gläubigen befragt zu haben?

Der Hof entvölkerte sich: die einen wurden geköpft, die andern kamen von Auslandsreisen nicht mehr zurück, und immer mehr Frauen, die nicht mehr bei Mördern liegen wollten, gingen nachts in den Nebel hinaus. Nur Anna, die noch immer Richards Ring trug, fand nicht die Kraft, endgültig zu gehen. Sie ging in Richards Bett, der ihr drei Nächte lang keine Demütigung der Hingabe ersparte. Dann streute er das Gerücht aus, Anna sei sehr krank, so daß ihr Tod, einige Tage später, allen natürlich vorkam.

Jetzt brauchte Richard niemanden mehr, um König zu werden. Nun wollte er ein leeres Land, einen Thron auf einem Eisberg. Nun genügte es ihm, über Krater und Gesteinsbrocken zu herrschen. Jetzt befahl er Buckingham, den Prinzen und seinen Bruder sofort umzubringen, aber Buckingham bat zum ersten Mal um Bedenkzeit, obwohl es bei Richard keine Bedenkzeiten gab, und floh und hob Truppen aus, jedoch so wenige und so halbherzig, daß er gefangen wurde, seinen Kopf auf den Block legte und starb. Ein anderer übernahm es, die beiden Söhne Edwards und Elisabeths zu töten.

Richards blutiger Weg zur Macht schuf merkwürdige Freundschaften: plötzlich gingen Margarete und die Herzogin von York Arm in Arm spazieren: die eine die Mörderin des Manns und des Sohnes der andern, die andere die Witwe des Mannes, der den Sohn der einen umgebracht hatte. Beide saßen mit Elisabeth auf der Klostermauer, drei Frauen, die auf Thronen hatten sitzen wollen. Sie schrieen ihren Haß zum Himmel hinauf, und endlich zog Richard mit Trommeln und Trompeten vorbei, und die Herzogin von York erhob sich, eine schreckliche Erscheinung im Mondlicht, und rief, Richard, Sohn. Ich spreche das letzte Mal mit dir. Wer hat George getötet? Wer Edward? Wer Anna? Wer die Söhne Elisabeths? Wer die Herzöge? Die Onkel? Die Brüder? Die Söhne aus erster Ehe? Wer, Richard, wird schuld sein an meinem Tod? Richard starrte in die Silhouette seiner Mutter vor der vollen Mondscheibe, dann hielt er die Hände über die Augen und schrie, Trommler, Trompeter, spielt, so laut ihr könnt. Aber er konnte den Schatten seiner Mutter in seinem Innern nicht bannen, ihre Stimme nicht, und so trat er vor und nahm die Hände von den Augen und rief, Elisabeth, Schatten auf der Mauer, mit dir will ich reden. Ich bin auf dem Weg zur Krönung, o ja. Sieh diese Nebel. Sieh den kalten Mond. Sieh mein eisiges Herz, sieh, wie ich allein bin. Ich will deine Tochter. Elisabeth, ich werde das Unrecht, deine Kinder getötet zu haben, in ein Recht verwandeln, denn ich werde mit deiner Tochter Kinder zeugen, Könige. Du wirst Großmutter statt Mutter, wo ist da schon der Unterschied? Dein Haus wird ein Königshaus bleiben. Mond, so wie du im Glanz der Sonne aufleuchtest, so wird deine Tochter unter mir aufleuchten, Elisabeth. Ich werde das entvölkerte England neu bevölkern, ein Land voller Richarde, die Buckel werden für schön gelten und die Fratzen für lieblich. Ha, Elisabeth? Elisabeth stürzte durch den Klostergarten davon, und Richard, ein schwarzer Zwerg im Straßenschatten, wußte nicht, ob sie seine Werbung angenommen hatte oder nicht. Er starrte auf seine Mutter, einen schwarzen Schrecken vor einer gelben Mondscheibe, und auf Margarete, die in Nebel gehüllt neben ihr saß, unsterblich geworden. Er hörte ihre fernen Stimmen. Mond, flüsterte Margarete. Welche Mutter sieht ihrem Kind die Untaten an, die es begehen wird? Die Mutter rief, Mond, welcher Kindermord trifft die richtigen Kinder? Warum bleiben immer die übrig, von denen die Geschichte dann berichtet? Wo ist die Geschichte, die von denen spricht, von denen niemand spricht?

Nun ging alles sehr schnell. Noch in derselben

Nacht wurde Richard zu König Richard III. gekrönt. Aber schon tauchte, wie ein Komet aus dem All, Heinrich Tudor auf, dessen Namen zuvor noch nie jemand hatte nennen hören, mit einer Armee, die jeden Tag größer wurde und sich unaufhaltsam auf die Hauptstadt zuwälzte, auf den Palast zu, in dem Richard keinen Schlaf mehr fand, sondern all jene, die er umgebracht hatte, in langen stummen Zügen an sich vorbeigehen sah, so daß er immer erschöpfter und verzweifelter wurde und an einem Tag, an dem die Sonne sich vollends weigerte aufzugehen, aufs Schlachtfeld stolperte und von Heinrich Tudor erschlagen wurde. Und die Sonne ging auf, und auf dem blutroten Schlachtfeld schritt, unter einem Regenbogen, der junge herrliche Heinrich Tudor aus dem Haus Lancaster auf Elisabeth zu, die Tochter aus dem Haus York, und beide reichten sich die Hände, und über die Horizonte brauste Musik auf, und die Obstbäume Englands begannen auf einen Schlag zu blühen.

KÖNIG HEINRICH VIII.

Und so ging das immer weiter. Es war kaum noch auszuhalten. Ein König folgte dem andern. Es gab neue Kriege, neue Machtlüsterne, neue Arschkriecher, neue Dumme, neue Mörder. Immer neue Köpfe fielen in die Säcke der Henker. Hörte das denn nie mehr auf? Wie einfach war das Regieren zur Zeit Richards II. gewesen: der saß noch mit verschlammten Schuhen auf einem Tisch, in den die Karte der damaligen Welt eingeritzt war, deutete auf das Tote Meer, Sizilien, den Kaukasus und sagte, das will ich haben, und die Höflinge spritzten davon. Aber der Palast Heinrichs VIII. hatte zweihundert Korridore, zweitausend Kanzleien und zwanzigtausend Höflinge, die mit Papieren in der Hand kreuz und quer eilten. Jeder sprach mit jedem hinter vorgehaltenen Händen. Jeder beobachtete jeden. Wenn der König den Kopf in eine Kanzlei streckte oder nach dem Rückweg in seine Gemächer fragte, buckelten alle und verbargen die Papiere unter ihren Bäuchen. Wenn er wieder weg war, tuschelten sie weiter: wer das meiste Geld für sich abzweige und wie, und daß der Kardinal von York seine Finger in allem drin habe. Derweil ging der König in seinen Schnallenschuhen, Puffhosen, Seidenstrümpfen, Rüschen und Schärpen mit einem Federballschläger oder einer Laute in der Hand durch seine Korridore.

»Wir zogen froh durchs Frankenreich,
da traf uns, ach, der Todesstreich.«

Die Lauten und die Federbälle waren alles, was dem König von den französischen Eroberungen seiner Vorgänger geblieben war, Lauten aus Akazienholz und Federbälle aus Gänseflaum, und den Frauen eine bestimmte Form des Kicherns, Gakkerns und Busenstellens. Sonst hatte der Krieg die Reichen arm und die Armen elend gemacht. Die Wege zwischen London und Dover verschlammten wieder. Die Bauern ließen ihr Korn erneut verkommen. Es hatte ja doch alles keinen Sinn mehr. Nie würde diese Folge von immergleichen Königen aufhören. Die Bauern zahlten längst nicht mehr den Zehnten, sondern den Sechsten, und es war eine Zeit abzusehen, wo sie ein Vietteil ihres Verdienstes einem König abliefern mußten. Heinrich VIII., der mit seiner Laute und dem Federballschläger durch die Korridore tappte, wußte nichts davon.

Woher auch? Ihm sagte man nichts. In seinen Listen tauchten Zahlen auf, die sich mit den Pennies in seiner Schatulle deckten. Der König seufzte. Er fühlte sich nicht wohl. Er wurde älter. Er langweilte sich. Er wäre gern gut gewesen, aber wie? Er hätte gern seinem Leben einen Sinn gegeben, aber welchen? Er hatte das Gefühl, daß hinter seinem Rücken Dinge abliefen, von denen er keine Ahnung hatte. Er sah durch ein Palastfenster, unter dem zwei Damen und zwei Herren ein gemischtes Federballdoppel spielten. Sie kreischten und lachten, und die Damen wirbelten den Federbällen entgegen, daß ihre Röcke aufflogen. Den König packte eine plötzliche Wut. Dieses Federballspielen, brüllte er, ist der Grund allen Übels. Ich will nicht mehr an Frankreich erinnert werden. Ich will überhaupt nicht mehr erinnert werden. Er warf den Federballschläger und die Laute in den Wassergraben unter dem Fenster und zog die Schnallenschuhe und Puffhosen aus. Ahhh.

»Des Lebens Sinn, des Todes Ziel
ist mehr als Wollust, Prunk und Spiel.«

Der Kardinal von York, der neben ihm wandelte, stimmte ihm zu. Gewiß, gewiß. Er barg seine Goldringe unter seiner Soutane und machte kleine

Schritte, damit der König seine Schnallenschuhe und Seidenstrümpfe nicht sah. Gott will, sagte er, daß wir in Demut und Armut leben. Ach, das eitle Streben nach weltlichen Gütern. Übrigens, Majestät, der Herzog von Buckingham ist ein Hochverräter. Ich habe Zeugen. Der König schaute ihn überrascht an. Buckingham? Mein treuester Berater? Der Kardinal nickte. Ja, er ist ein Feind der Kirche. Heinrich schüttelte den Kopf. Wenn das so ist, muß ich ihn enthaupten lassen. Schade.

»Wem ist denn heute noch zu trauen?
Den Männern nicht. Vielleicht den Frauen?«

Er ging in den Staatsratssaal hinüber, wo Buckingham mit gesenktem Kopf vor seinen Richtern stand. Auf einem erhöhten Podest stand der Zeuge der Anklage, ein Freund des Kardinals, ein glaubwürdiger Mann, der schon in vielen Hochverratsprozessen glaubwürdig gegen die Angeklagten ausgesagt hatte. Auch diesmal hatte er gehört, daß der Angeklagte geäußert hatte, der König müsse ermordet werden. Buckingham schüttelte den Kopf und sah den König an, der mit offenem Mund auf der Zuhörerbank saß.

»Und ewig wird der König alt
und sät Verderben und Gewalt.«

Die Königin, die beim Sprechen das R rollte, warf sich dem König zu Füßen und rief, Herr, Mann, du bist das Opfer unzähliger Intrigen. Ich liebe dich. In deinem Reich bezahlen die Menschen den Sechsten an Steuern – Was? sagte der König. Den Sechsten? –, und einer der Drahtzieher ist dieser Mann hier, der auch Buckingham, der sich gegen seine Machtgier gestellt hat, ermorden will. Sie zeigte auf den Kardinal von York, der die Hände faltete und in den Himmel blickte.

»Wer stehet unter Gottes Schutz,
den trifft kein eitler Erdenschmutz.«

Der König hob seine Frau auf – sie war dick und schwitzte – und sagte, wie kannst du einen so ehrenwerten Mann angreifen? Er hat mit dir und mir nur das Beste vor. Ich will das alles vergessen. Dem armen Buckingham ist nicht mehr zu helfen. Die Sitzung ist aufgehoben. Der König ging in sein Ankleidezimmer – im Hof unten schlug ein Henker Buckingham den Kopf ab – und überdachte einmal mehr, was der Kardinal ihm geraten hatte, nämlich sich von seiner Frau zu trennen

KÖNIG UND KARDINAL

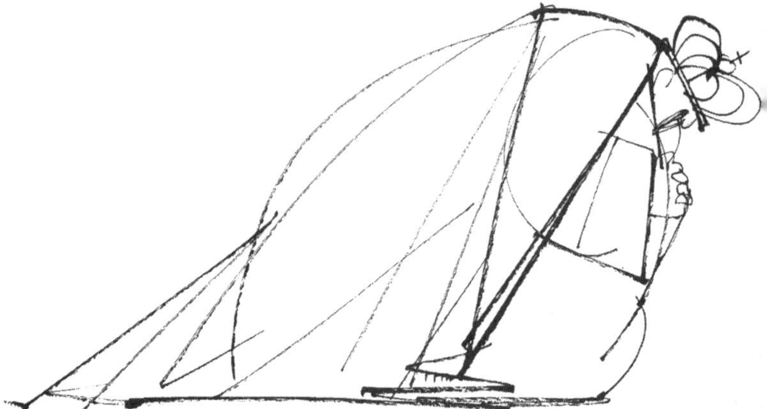

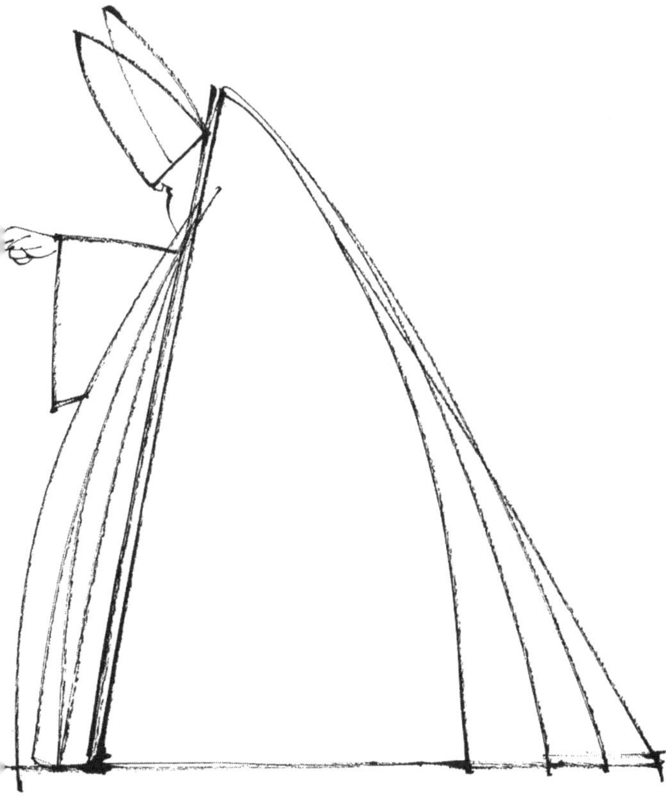

und die Tochter des Königs von Frankreich zu heiraten, wie dies so viele englische Könige vor ihm gewollt oder getan hatten. Warum nicht ein junges Mädchen, das ihm ein Reich zurückbrachte, das seine Armee nicht hatte verteidigen können? Seufzend zog Heinrich Rüschen und Seidenstrümpfe aus und verkleidete sich als Schäfer, weil er, inkognito, zu einem Fest gehen wollte, das der Kardinal in seinen heiligen Räumen gab. Die Tische barsten unter Getränken und Speisen. Trompetenorchester spielten Menuette, und in den dunklen Ecken preßten sich Hofdamen und Jünglinge aneinander. Niemand erkannte den König, als er sich unter die Tanzenden mengte, und schon gar nicht eine zierliche Dame aus dem Gefolge der Königin, Anna Bullen, mit der er den ganzen Abend tanzte, zuerst Auge in Auge, nachher Herz an Herz, dann Wange an Wange, schließlich alles an allem.

»Es bringt der Liebe scharfer Pfeil
der einen Weh, dem andern Heil.«

Nur der Kardinal, der Gastgeber, hatte den königlichen Gast erkannt. Er sah im Herzen des Königs ein Feuer ausbrechen, das so heftig loderte, daß er seinen Palast in Flammen aufgehen sah. Sollte ich, dachte er, einen Fehler gemacht haben, als ich dem

Papst im letzten Brief riet, einer Scheidung zuzustimmen? Dieser König, schau ihn an, wird niemals Frankreich wollen, wenn er dieses Mädchen haben kann.

»Es hat des Herzens Leidenschaft
schon manchen König weggerafft.«

Tagelang saß der König dann in seinem Zimmer, blätterte in Bibeln und Atlanten und brummte alle an, die ihm eine Angelegenheit des Staates vorlegen wollten. Seine erste Amtshandlung, nach vielen Tagen, war, daß er Anna Bullen zur Markgräfin von Pembroke machte, mit einem Jahresgehalt von 1000 Pfund. Anna stand schamüberströmt zwischen den Hofdamen. Wieso ich? Wieso nicht ihr, die ihr zum Teil schon seit vierzig Jahren Hofdamen seid?

»Es küßt das wankelmütge Glück
nur allzu oft das jüngste Stück.«

Der Kardinal kam jeden Tag in das Arbeitszimmer des Königs und brachte ihm Schokolade oder Nüsse, und schließlich – der König sah sich auf einem Atlas die Karte Indiens an – sagte er, Majestät, es ist soweit. Unser Prozeß muß jetzt durchgezogen werden. Ihr habt die Unterstützung des Papstes, dessen Abgesandter eben eingetroffen ist. Die Rechtslage ist klar. Primo ist Eure Gattin, Katarina, eine Spanierin, secundo ist sie schon mit Eurem leiblichen Bruder verheiratet gewesen. Die Ehe ist ungültig. Ihr seid gar nicht verheiratet. Auch der Papst, Gott schütze ihn, denkt, daß der französische König eine Tochter von solchem Liebreiz hat, daß nur sein geistliches Amt, und meines, uns hindert, sie Euch in den lebhaftesten Farben zu schildern. Ihr werdet keine finden am englischen Hof, die auch nur den Zehnten ihrer Reize hat und den Hundertsten ihres Reichtums. So? sagte der König, der gar nicht recht hingehört hatte. Er glotzte auf die Karte Indiens und dachte an Anna Bullen. War sie sein Lebenssinn? Kam durch sie die Güte in sein Herz? Verscheuchte sie seine Langeweile? Hielt sie sein Altern auf? Er schlurfte hinter dem Kardinal durch die Korridore – laßt mich nur machen, Majestät – und setzte sich im Gerichtssaal auf den Königssessel. Auf der Anklagebank saß seine Frau. Sie hatte verweinte Augen. Sie rief, vor diesem Gericht habe ich keine Chance, nur Engländer, keine Spanier, jeder ist hier gegen mich, sogar der König, dem ich zwanzig Jahre lang treu gewesen bin. Ich? murmelte der König. Wieso? Das Gericht zog sich zurück und entschied, es sei unbefangen. Der Präsident, ein alter Mann mit einem Talar und einer Perücke, schwenkte eine Glocke. Er lächelte dem König und dem Kardinal zu. Die Königin rannte schluchzend aus dem Saal, obwohl ein Gerichtsbeschluß ihr befahl zu bleiben. Laßt sie, sagte der König. Sie ist eine gute Frau. Was ist Euer Beschluß? Bevor der Gerichtspräsident sein Urteil verkünden konnte, erhob sich der Kardinal und sagte, Majestät, juristische Erwägungen – denn alle Verfahren in unserm Rechtsstaat müssen den allerstrengsten Anschein des Rechts haben – zwingen uns, die Sitzung zu vertagen. Wieso? sagte der König. Kopfschüttelnd stand er auf und ging in seine Gemächer zurück. Er durchschaute sein eigenes Recht nicht mehr.

Die Königin verbarrikadierte sich in ihrem Zimmer. Sie kämmte sich nicht mehr, trug alte Nachthemden und Schmuck aus ihrer Kinderzeit, saß stundenlang am Fenster, spielte auf ihrer Laute Akkorde und sang:

»Orpheus sang, und alle Wipfel
neigten sich. Das Eis der Gipfel
schmolz in Strömen zu ihm nieder.
Blumen blühten auf, und Regen
fiel aus einem blauen Himmel wegen
seiner Frühlingslieder.

Stürme wurden jäh zur Flaute,
Liebe wuchs aus dem Verderben,
wenn er sang zu seiner Laute.
Ach, Musik nur lindert Schmerzen.
Und die sehnsuchtsvollen Herzen
werden müde oder sterben.«

So weit war sie mit ihrem Lied gekommen, als der Kardinal von York und sein Amtsbruder aus Rom ihre Tür aufstemmten. Gute Frau, sagten sie wie aus einem Mund. Machen Sie nicht so einen Wirbel. Der König will, daß alles diskret und menschlich vor sich geht. Er mag Euch. Wenn Ihr tut, was wir Euch sagen, wird es Euer Schaden nicht sein. Die Königin, die es schon nicht mehr war, fuhr in die Höhe, so daß ihre Laute am Boden zerklirrte. Ihr Lumpen, rief sie. Der König wirft mich aus dem Bett, weil ich alt werde. Und da soll ich auch noch nett mit ihm sein?

»An diesem Hofe treiben viele
mit frommen Mienen Doppelspiele.«

Ihr seid eine eitle senfzüngige Sünderin, sagte der Kardinal von York. Er wußte nicht, daß der König in der gleichen Minute zwei Dokumente las, die nicht für seine Augen bestimmt waren: eine Aufstellung aller Gelder, die der Kardinal hatte beiseite schaffen lassen, und die Kopie eines Briefs an den Papst, in dem der Kardinal diesem riet, der Scheidung von Katarina nicht zuzustimmen. Gott hatte die Hand des Kardinals fehlgeleitet und ihn die Akten in den falschen Ordner legen lassen. Der König, der Anna Bullen nach seinem eigenen Recht und seinem eigenen Glauben am Vorabend heimlich geheiratet hatte und in sich die ganze Süße einer geheimen Hochzeitsnacht spürte, bekam immer größere Augen. Er las die Geldliste und den Brief ein zweites Mal, dann donnerte er durch die Korridore –

»Du denkst, du bist ein Kardinal.
Ich denke mir, du warsts einmal.«

– und traf den Kardinal in einem Gespräch mit einem jungen Mann namens Cromwell, der seit kurzer Zeit am Hof als Sekretär arbeitete. Er nickte bei jedem Wort des Stellvertreters des Stellvertreters Christi und machte sich Notizen. Als er den König kommen sah, knickte er demütig in sich zusammen. Der Kardinal wandte seinem Herrn sein Antlitz zu.

»Der Wolf im Pelz des Schafs wird heute
des Schafs im Wolfspelz späte Beute.«

Und was ist das? schrie der König. Und das? Es geschah zu Eurem Besten, murmelte der Kardinal und dachte, das ist das Ende.

»Der Leib ist schön mit Kopf und Krone.
Entsetzlich ist er oben ohne.«

Ihr seid nicht mehr Kanzler, schrie der König. Nicht mehr Kardinal. Mein Vertrauen gehört ab sofort dem Erzbischof von Canterbury und Thomas Morus. Cromwell murmelte, Gott gebe ihnen ein langes Leben. Was? brüllte der König ihn an. Was habt Ihr mit diesem Herrn da zu besprechen? Ich? stotterte Cromwell und verbarg sein Notizbuch hinter seinem Rücken. Nichts. Ich kenne ihn kaum. Es war eine zufällige Begegnung. Der König drehte sich um und ging durch die Korridore zurück, in seine Gemächer, wo Anna Bullen in einem durchsichtigen Seidenhemd am Fenster saß und Kirschen aß. Cromwell machte sich davon, so schnell er konnte. Der Kardinal verließ den Palast und ging und ging, und als er an einem kleinen Friedhof vorbeikam und ein offenes Grab sah, bekam er ein solches Fieber, daß er nicht mehr weiterkonnte und am dritten Tage tot war. Ein Pfarrer legte ihn in das Grab, das nicht für ihn bestimmt gewesen war.

»Auch den, der lebt in Gottes Namen,
verzehren einst die Würmer. Amen.«

Am nächsten Tag fand die Krönung Anna Bullens statt. Hunderttausend Menschen drängten sich in den Straßen, durch die das Königspaar schritt, nach neuem Recht getauft, verheiratet und gekrönt. Anna Bullen sah aus wie ein vom Himmel gestiegener Engel. Gott gebe ihr ein langes Leben, murmelten alle, die sie sahen. Unter einem Regen von roten und weißen Rosen schritten das Herrscherpaar und alle Mächtigen Englands, Cromwell allen voran, die Palasttreppe hinauf, zu einem Fest, das bis zum nächsten Morgen dauerte.

»Der König faßte Annas Hände:
Uns scheidet erst des Lebens Ende.«

Katarina, die verjagte Königin, wurde krank. Der König schickte ihr zwar Billetts mit der Aufforderung, glücklich zu sein, er sei es ja auch, sie aber fieberte und sah ihr Zimmer von Engeln bevölkert. Sternschnuppen zischten durchs Fenster. Sie lag mit geschlossenen Augen da und lächelte. Einmal noch wachte sie auf, griff nach der Laute, deren Saiten zersprungen und deren Steg zerbrochen war, und sang:

»Die Erde ist ein Jammertal.
Der Weg ins Paradies ist schmal.
Jetzt steh ich an der Tür des Lichts
und seh, was hinter ihr ist: nichts.«

Das Leben ging weiter. Wieder umgab sich der König mit den fähigsten Mitarbeitern. Wieder schenkte er ihnen Vertrauen. Nur durch Zufall bemerkte er, daß seine Berater sogleich den Erzbischof von Canterbury des Hochverrats überführen wollten. Diesmal ließ er sich nicht überrumpeln und machte den Erzbischof zum Paten des Kindes, das Anna ihm soeben geboren hatte und das Elisabeth hieß.

KÖNIG JOHANN

Und dann gibt es noch, kaum zu erkennen im Nebel der frühesten Geschichte der britischen Inseln, diese Geschichte, die zu einer Zeit geschah, als sich die ältesten Leute noch daran erinnerten, wie ihre Väter erzählt hatten, daß schreckliche Nordmänner mit Kettenhemden und in Tüchern eingehüllten Pferden die Gipsküste hochgeklettert waren und alles totgeschlagen hatten, ihre Brüder, Mütter, Frauen, Freunde, Ochsen, Bären und auch den König. Nur ein paar, die Väter eben, waren in den Nebel hineingerannt und hatten sich in feuchte Gebüsche geduckt und konnten später den Beginn der neuen Geschichte Englands weitererzählen. Sie erzählten und erzählten, o unsre Väter, über Jahrzehnte hin, in Kneipen und zu Hause, die Nordmänner in ihren Geschichten wurden immer wilder und größer, und ihre Berichte vom Anbruch der Jetztzeit wurden schließlich zu langen Wandteppichen, die ihnen aus den Mündern quollen, in immer deutlicheren Farben, so daß die Söhne und Töchter, so ums

Jahr 1200 herum, eine lichtvollere Vorstellung von der Vergangenheit hatten als von der Gegenwart. Denn das gegenwärtige England war ein Land, dessen Grenzen noch nie jemand abgeschritten hatte. Man sah kaum je die Hand vor den Augen. Hin und wieder stolperte, wer, nach den Grenzen suchend, über die nassen Wiesen tappte, über eine verirrte Sau. Menschen mit trüben Augen und aufgeweichten Häuten wohnten, über Hügel verstreut, in Lehmhütten und schoren Schafe. Hie und da, wenn der Himmel aufklarte – es gab Menschen, die noch nie die Sonne gesehen hatten –, trieben die Bewohner einer Hüttenansammlung mit den Füßen einen Stoffball vor sich her, und die Bewohner einer andern Hüttenansammlung versuchten, ihn in die Gegenrichtung zu bewegen. Das war ihre einzige Lustbarkeit. Der König – auch er zog seine Überlebenskraft aus den tapferen Geschichten von früher – verstand die Sprache seiner Untertanen nicht. Er saß, wenn ihn der dünner werdende Regen nicht zu einem Spazierritt aufforderte, auf einer Ofenbank und hing Erinnerungen an lichte Auen Frankreichs nach, die er nie gesehen hatte. An Sonnentage und Vollmondnächte. Er verfügte, in jenen Urzeiten, über etwa soviel Macht wie die heutigen Könige von England, aber er hatte keinen Palast, keinen in Buckingham und keinen in Windsor, er hatte nur eine Ansammlung von Hütten in Northampton, die er Burg nannte, weil sie von einer Palisadenhecke umgeben waren. Er mußte noch alles selber machen. Er stand früh auf, ging in den Stall, strich den Schafen durch die feuchte Wolle, suchte nach verirrten Säuen, brüllte seine Melker an, die im Kriegsfall seine Soldaten waren, ging auf Strafexpeditionen und Plünderzüge, stürmte als erster durch die Hüttentüren und stahl und vergewaltigte wie alle. Ein König *mit* Land war damals noch eine Seltenheit. All die neuen Herrenmenschen, die über den Kanal gekommen waren und sich in feuchten Nächten, unter Wolldecken geduckt, fortgepflanzt hatten, taumelten nun wie Phantome durch die Nebel, ein Schrecken für die Eingeborenen, sich selber ein Schrecken. Sie hatten eine solche Angst vor den kalten Dämpfen dieser Insel, daß sie auf alles einschlugen, was vor ihren Augen Kontur gewann. So gelangten sie langsam zu Macht und Ansehen, und das Volk liebte sie.

Ich glaube, eines Tages erschien in der Palasthütte des damaligen Königs, der Johann hieß, ein Gesandter des Königs von Frankreich, der schon in einer steinigen Burg wohnte und aus einem eigenen Napf aß. Er tauchte wie ein Meteor aus dem Regen auf und beanspruchte für seinen Herrn ganz

England, denn der wirkliche Thronfolger sei Arthur, der die Bretagne regiere. Dann rauschte er wieder davon, in die Gischt hinein, und Johann saß ziemlich geknickt auf der Ofenbank und strich seinem Sohn über den Kopf. So unrecht hat er ja nicht, sagte schließlich seine Mutter, die am Herd stand und in einer Pfanne rührte. Arthur ist der Sohn des letzten Königs, und du bist nur sein Bruder. Mach etwas. Zeig diesem Sonnenkönig, wer hier die Stürme sät. Johann seufzte. Er brauchte Geld, und Geld hatten nur die Klöster. Es würde wieder Krach geben, es gab sowieso schon welchen, weil er die päpstlichen Gesandten nicht in die Kassen der Kirchen greifen ließ und den Erzbischof von Canterbury, der täglich Schiffe nach Rom absandte, am Betreten seiner Kathedrale hinderte. Ach Gott. Er zog seine Galoschen an und füllte Öl in seine Nebellampe. Da betraten zwei junge Männer, die er kannte, seinen Palast. Wir haben Streit, riefen sie. Schlichte ihn. Johann band seinen Regenhut unterm Kinn fest und sagte: Worum geht es? Mein jüngerer Bruder, rief einer der Männer, will das ganze Erbe, weil er behauptet, unser Vater sei gar nicht mein Vater. Ich sei ein Bastard Richards, des Königs vor dir. Johann band sich ein Tuch vor Nase und Mund und sagte, so gut er das noch konnte: So etwas kommt vor. Mein

Bruder hatte ein heißes Blut. Ich mache dich zu Sir Philipp Plantagenet, Bastard, dafür aber verzichtest du auf dein Erbe. Abtreten. Die beiden Brüder verschwanden in den Wolken, und Johann legte sich eine Decke um die Schultern und ging auch los, mit einem Stock vor sich herrudernd, zu den Klöstern. Der Bastard – sein Bruder war längst aufs väterliche Gut zurückgestürmt und übte nun seine neuen Rechte aus – ging dem Ufer eines mit Trauerweiden bewachsenen Weihers entlang, bis ihm ein Schatten entgegengeritten kam, ein Reiter, eine Frau, seine Mutter. Wer, Mutter, hat mich gezeugt? rief er. Die Mutter starrte durch das trübe Grau vor sich, bis sie den sprechenden Uferbaum erkannte, und antwortete: Dein Vater natürlich, Sir Robert. Mutter, sagte der Bastard und faßte nach dem Zaum ihres Pferds. Ich weiß, daß es der König war. Die Mutter starrte ihn an. Der Regen verdampfte auf ihren Wangen. Wir waren benebelt, sagte sie dann leise. Es ist in diesem Land nicht leicht, einen Mann von einem andern zu unterscheiden. Vergib mir. Der Bastard, ihr Sohn, lachte. Mutter, ich bin gern der Sohn eines Königs.

Während sich der Bastard an seine neue Würde gewöhnte und der König mit einem Jutesack zwischen den Füßen in den Vorzimmern der Mönche herumsaß, belagerten auf der andern Seite des Kanals, unter einem strahlend blauen Himmel, der König von Frankreich, sein Sohn und der Erzherzog von Österreich die Stadt Angers. Arthur, der Joker des Königs von Frankreich in diesem Spiel um die Macht, stand in kurzen Hosen bei ihnen. Er hatte noch keine Erfahrung im Führen von Truppen und schon gar keine im Regieren eines Landes. Er war ein Thronfolger, weil alle ihm sagten, er sei es, und er ahnte, ohne daß seine Ahnungen zu präzisen Gedanken geworden waren, daß jeder seiner väterlichen Ratgeber später einmal sein Stück vom Kuchen haben wollte. Er sah zu, wie sie große Steinkugeln gegen die Stadtmauer schleuderten und wie die Bewohner von Angers brennendes Pech auf die warfen, die versuchten, Leitern anzustellen. Während er noch, entsetzt und fasziniert, auf einen brennenden Knappen sah, der sich schreiend im Gras wälzte, hatten sich alle andern umgedreht und deuteten auf die Nebelbank, in der England lag. Aus den Bodenwolken tauchten stählerne Ritter auf, einer hinter dem andern, wie aus einem Himmelstor, immer mehr, das englische Heer. In einiger Entfernung hielten die Stahlmänner an und starrten geblendet in die Sonne. Zwei Helmträger ritten, auf Rossen wie Seepferde, auf das französisch-österreichische Befehlszelt zu.

Der eine klappte sein Visier hoch und sagte, ich bin Johann, die Sonne Englands. Dies ist meine Mutter. Schließen wir Frieden.

Arthur starrte seinen Onkel und seine Großmutter an. Diese strich ihm lächelnd übers Haar und sagte, komm, Arthur, sei brav, gib dein Land her. Sie hatte dabei nicht mit Arthurs Mutter gerechnet, deren Finger ihr in die Haare fuhren und daran zerrten, so daß der König von Frankreich und Johann gemeinsam ziemlich lange brauchten, bis sie die schreienden Frauen voneinander getrennt hatten. Dann eilte der König von Frankreich vor die Stadtmauern, deutete auf die Engländer und rief: Da seht ihr euren wahren Feind. Laßt uns in die Stadt ein, und wir helfen euch gegen diese Inselungeheuer. Johann riß seinen Helm vom Kopf, stellte sich neben den König von Frankreich und schrie: Ich spreche eure Sprache. Meine weiße Haut wird in wenigen Tagen braun sein wie eure. Laßt mich ein. Die Bürger von Angers standen auf der Stadtmauer und schüttelten die Köpfe. Dann müssen wir kämpfen, murmelte Johann, und der König von Frankreich, der ihn verstanden hatte, nickte. Die Heere krachten ineinander. Als das Getümmel vorüber war, rief der König von Frankreich wieder zur Mauer hinauf, habt ihr gesehen, edle Bürger, wir haben gewonnen. Johann schrie, nein, wir. Die Bürger schüttelten wieder die Köpfe. Der Bastard – lassen wir ihm endgültig den Namen, den die Überlieferung ihm gegeben hat – trat zu den beiden Herrschenden und sagte, nehmt doch die Stadt gemeinsam ein, einer von Süden, einer von Norden, und teilt sie nachher. Er dachte, wenn alles gutgeht, schießen sie sich dabei mit ihren Schleudern gegenseitig tot. Die beiden Könige sahen ihren Ratgeber verblüfft an. Sie richteten die Wurfmaschinen gegen die Stadttore und, in der Verlängerung, auf sich. Die Bürger stürzten wieder auf die Mauern – ihnen war recht, daß die Rivalen sich beschießen wollten, aber nicht, daß ihre Stadt dazwischen lag – und riefen: der Dauphin soll doch Fräulein Blanca, die Nichte König Johanns, die seit immer am französischen Hof lebt, heiraten. Dort steht sie. Dann liegt das neblige England beim lichten Frankreich im Bett. Wieder sahen sich alle an. Heute kamen die Ratschläge von den merkwürdigsten Leuten, aber tatsächlich war dies die Lösung, einfach wie ein durchgehauener Knoten und endgültig wie ein auf den Tisch gedrücktes Ei. Der Dauphin küßte Blanca und liebte sie sofort. Blanca zerschmolz sogleich in des Dauphins Armen. Der König von Frankreich und Johann schüttelten sich die Hände. Der Erzherzog von Österreich umarmte alle. Nur die

Mutter Arthurs tobte mit Schaum vor dem Mund um die Regierenden herum, zwischen denen ihr Sohn ahnungslos stand und den Küssen des Brautpaars zusah. So eine wie Fräulein Blanca wollte er dereinst auch einmal küssen, wenn er groß war und König.

Während des Festessens – der König von Frankreich und Johann leerten ein Glas nach dem andern auf die Versöhnung – traf, Zufall oder nicht, der Kardinal von Mailand ein, ein Abgesandter des Papstes. Er fiel sogleich über Johann her: wieso er sich der Kirche widersetze und den Erzbischof von Canterbury schikaniere? Johann stand auf, leicht schwankend, hob sein Glas und rief, Mann Gottes, wir wollen keine Fremden auf unsrer Insel. Keine Kirchensäcke. Keine Goldräuber. Keine Weihräuchler. Ist das klar? Er leerte das Glas, rülpste und warf es über die Schulter gegen die Zeltwand. Der Kardinal wurde kreidebleich, streckte die Arme aus und rief: Rom verflucht und bannt dich. Alle sahen entsetzt auf Johann, den Teufel, der sich verwirrt Wein in ein anderes Glas eingoß. Alle zitterten unter dem Bannblitz, der so nahe neben ihnen eingeschlagen hatte, und bestürmten den König von Frankreich, den neuen Freund sofort wieder fallenzulassen. Krieg, rief der Dauphin. Krieg! Schließlich gab der König von

Frankreich nach, das Festessen wurde vor dem Nachtisch abgebrochen, alle stürzten – im Zelt blieben nur die schluchzende Blanca und der betrunkene Johann zurück – zu ihren Heeren, und es gab ein neues Getümmel. Endlich stand auch Johann auf, strich seiner Nichte über die Wange – du bist zu schwach, um allein England und Frankreich zu vereinen, du Arme – und stürzte aufs Schlachtfeld, wo er, immer noch betrunken, wie ein Besessener focht und den kleinen Arthur fing. Jeder tötete, wen er konnte, und der Bastard rettete Johanns Mutter und schlug dem Erzherzog von Österreich den Kopf ab. Johann dankte ihm und schickte ihn nach England zurück, mit dem Auftrag, die übriggebliebenen Klöster auszuplündern, denn dieser Krieg würde noch viel Geld verschlingen. Dann schiffte auch er sich ein. Die Schiffe fuhren mit geblähten Segeln in die Nebelmauer hinein, immer geradeaus, bis ihre Buge in die Felsen von Dover krachten.

Arthur wurde in einem Koben der Königsburg gefangengesetzt. Sein Leben – außer ihm war es allen klar – war nicht mehr viel wert. In Frankreich dachte der Dauphin darüber nach, daß, wenn Arthur tot war, nur noch Johann tot sein mußte, und England war sein. In England befahl Johann seinem Kämmerer, Arthur umzubringen – hörst du, Kämmerer, ich habe nichts gesagt, lies mir meine Wünsche von den Augen ab. Der Kämmerer nickte und ging mit einem Messer in den Koben. Dort saß Arthur und redete so lieb und unschuldsvoll, daß der Kämmerer immer gerührter wurde. Hör auf, rief er. Ich muß Euch umbringen – nicht, lieber Herr! – oder wenigstens blenden – meine Kinderaugen, guter Herr? Schluchzend rannte der Kämmerer zum König, der sich gerade, um sicherzugehen, ein zweites Mal krönen ließ, und meldete ihm den Tod Arthurs. Ein Unfall. Die zwei wichtigsten Berater Johanns, die Grafen von Salisbury und Norfolk, schrieen auf. Johann, du bist ein Mörder. Johann bekam einen roten Kopf und sah zu Boden. Die Berater gingen davon, den Fall aufzuklären. Johann tobte in der Küche herum und schrie den Kämmerer an, er sei ein Hornochse. Da sagte ihm der Kämmerer, daß Arthur noch lebe, und Johann schloß ihn in die Arme. In diesen lag er noch immer, als ein Bote meldete, das französische Heer sei gelandet, wieder bei Hastings. Johann und der Kämmerer lösten sich voneinander und eilten davon, jeder in den Wolkenschwaden seiner Ängste.

Inzwischen hatte auch Arthur begriffen, daß er hier nicht in den Ferien war. Er verkleidete sich als Schiffsjunge, kletterte über die Palisaden, sprang in den Graben hinunter und brach sich den Hals. So fanden ihn die Grafen von Salisbury und Norfolk. Während sie ihn untersuchten – alle Verletzungen ließen sie auf einen Mord schließen –, kam der Kämmerer angerannt und rief, der König schickt mich, Arthur lebt. Da sah er den toten Arthur. Auch der Bastard, der nun hinzukam, hielt den Kämmerer für den Mörder.

Nun war auch der päpstliche Gesandte, der darüber nachgedacht hatte, daß sein Bann Roms Finanzprobleme nicht löste, am englischen Hüttenhof angekommen, mit dem Kreuz die kriechenden Wolken beschwörend, und Johann, der nun nüchtern war, versöhnte sich mit ihm. Der Kardinal nahm den Fluch Gottes von ihm und reiste, mit Zusicherungen kräftiger Zahlungen an Rom versehen, wieder ab. Der Bastard roch das Veilchenparfum des Kardinals aus dem Schafsgeruch des königlichen Gemachs heraus und sagte Johann, er sei verrückt, der Feind sei inzwischen in London, und das Bündnis mit dem Papst sei schmählich. Johann saß erschöpft auf der Ofenbank – seine Mutter stand nicht mehr am Herd, sie war in Frankreich gestorben – und sagte, ach Gott, mach, was du willst. Du hast freie Hand. Er fühlte sich schwach und fiebrig.

So erfuhren die Franzosen, was längst nicht

mehr wahr war: daß Johann wieder auf der Papstseite sei. Sowieso hatte der Krieg seine eigene Dynamik entwickelt und war nicht mehr zu bremsen. Der Dauphin wollte jetzt Blut sehen, das Blut aller Engländer, und wenn es das der nächsten Verwandten seiner Braut war, die tagsüber weinte und nachts lachte. Daß die Grafen von Salisbury und Norfolk ihm ihre Dienste anboten, bestärkte ihn in seiner Siegessicherheit. Er nahm nicht ernst, daß alle sagten, der wahre Herrscher Englands sei nicht mehr Johann, denn dieser liege fiebernd in einem Kloster, sondern der Bastard, der ein Herz wie ein Löwe habe. Die Franzosen zogen in einem undurchdringlichen Nebel in die Schlacht. Sie schlugen auf alles ein, was sich bewegte, und manch einer stach in den Kopf seines Pferdes oder schlug sich die eigene Hand ab. Jeder focht einsam im Wolkenweiß, bis alles still war. Niemand wußte, wer gesiegt hatte. Jeder, der noch lebte, verkroch sich in ein Unterholz und betete, Nacht und Nebel möchten ihn auch weiterhin schirmen. Der Bastard prallte, als er übers Totenfeld schritt, in den Kämmerer hinein, und nach einigen Wer da? erkannten sie sich und steckten die Schwerter in die Scheiden. Der König, rief der Kämmerer erregt, kommt schnell, ein Mönch hat ihm einen Heiltrank gegeben, Gift, er stirbt. Sie rannten einem Weiher entlang, in dessen schwarze Wasser die Traueräste alter Weiden hingen. Vor der Klostertür blieben sie stehen. Sie hörten, von fern, die Stimme des Königs. Er sang. Langsam gingen sie seinem Gesang nach, und dann sahen sie ihn, auf einem Stuhl sitzend, nackt, schweißüberströmt. Er hatte die Augen nach innen verdreht. Nebel kam aus seinem Mund. Er sang Töne, die noch nie jemand gehört hatte, Klagen aus dem Teil seiner Seele, für den er keine Worte hatte. Mönche standen um ihn herum – einer von ihnen mußte der Mörder sein –, und vor ihm knieten die Grafen von Salisbury und Norfolk. Singend starb der König, plötzlich stumm. Alle sahen auf seinen Körper. Alle sahen auf seinen Sohn. Friede dem toten König. Friede dem neuen König. Friede uns.

Diese Geschichte, und manche andere, erzählte mir ein Mann, den ich vor Urzeiten, wenn mich die Nebel meiner Erinnerungen nicht trügen, in einem rauchigen Gasthof traf, auf einer meiner Wanderungen zwischen Warwick und Stratford-upon-Avon. Er trank viel Bier und ich auch, und ich war entschlossen, ihm alles zu glauben, was er mir an jenem Abend berichtete.

Bitte beachten Sie auch die folgenden Seiten

Urs Widmer im Diogenes Verlag

»Wer kann heute noch glitzernde, glücksüberstrahltc Idyllen erzählen? Wer eine Geschichte über den Golfkrieg und die A-Bombe? Wer ein Märchen für Erwachsene von – sagen wir: fünfzehn an? Und wer eine Liebesgeschichte über Lebende und Tote, die uns traurigfroh ans Herz geht? Die Antwort: Urs Widmer. Er kann all dies aufs Mal und all das ist, eine Rarität in der deutschen Literatur, tiefsinnig und extrem unterhaltend zugleich.«
Andreas Isenschmid/Die Zeit, Hamburg

Vom Fenster meines Hauses aus
Prosa

Schweizer Geschichten

Liebesnacht
Eine Erzählung

Die gestohlene Schöpfung
Ein Märchen

Der Kongreß der Paläolepidopterologen
Roman

Das Paradies des Vergessens
Erzählung

Der blaue Siphon
Erzählung

Liebesbrief für Mary
Erzählung

Die sechste Puppe im Bauch der fünften Puppe im Bauch der vierten
und andere Überlegungen zur Literatur. Grazer Vorlesungen 1991

Im Kongo
Roman

Vor uns die Sintflut
Geschichten

Der Geliebte der Mutter
Roman

Das Geld, die Arbeit, die Angst, das Glück.

Das Buch des Vaters
Roman

Ein Leben als Zwerg

Vom Leben, vom Tod und vom Übrigen auch dies und das
Frankfurter Poetikvorlesungen

Außerdem erschienen:

Shakespeares Königsdramen
Nacherzählt und mit einem Vorwort von Urs Widmer. Mit Zeichnungen von Paul Flora

Paul Flora im Diogenes Verlag

»Auf dem Gebiet der europäischen Kreuzschraffur hat es bisher keiner gewagt, ihm den führenden Platz streitig zu machen. Flora ist kein schwarzer Humorist. So einfach macht er es sich nicht. Er ist ein sanfter Grisaille-Meister, der durch den Dienstboteneingang unauffällig Burg, Villa oder Palast betritt, um dem bösen Herrscher oder einem verwandten Finsterling eine kleine, unangenehme Überraschung zu bereiten, einen feinen, tödlichen Nadelstich zu versetzen.«
Peter Winter / Frankfurter Allgemeine Zeitung

»Ein Zeichner, der, obwohl Skeptizist, eher melancholisch als sarkastisch darauf reagiert, daß ihm der Glaube an den Fortschritt der Menschheit abhanden gekommen ist.« *Süddeutsche Zeitung, München*

Zeichnungen
Eine Retrospektive, veranstaltet
von Daniel Keel. Mit einer Hommage
von Friedrich Dürrenmatt

Dies und das
Nachrichten und Geschichten
Ausgewählt von Daniel Keel

Die welke Pracht
Venezianische Bilder und Geschichten

Zeichnungen 1938–2001
Ein Jubiläumsband
Mit einem Essay des Autors

Stille Bilder

Rückwärts in die Zukunft

Fauna, Fabeln und Figuren

Außerdem erschienen:

Wie's halt so kommt
Erinnerungen aufgezeichnet
von Felizitas von Schönborn

Paul Flora
Wie's halt so kommt

Erinnerungen
aufgezeichnet von
Felizitas von Schönborn

In Gesprächen mit Felizitas von Schönborn erzählt Paul Flora, der berühmte österreichische Zeichner, sanfte Grisaille-Meister und langjährige *Zeit*-Karikaturist, mit weltzugewandter Skepsis und behaglichem Pessimismus erstmals in Gänze, was sich auf seinem ungewöhnlichen Lebensweg an Merkwürdigem, an Heiterem und Tiefgründigem ereignet hat. Er erinnert sich an seine Tiroler Kindheit unter skurrilen Gestalten noch aus der k.u.k.-Zeit, seinen Kriegsdienst als »braver Soldat Schwejk« und an sein Landesbeamtentum im Büro für Nichtzuständigkeiten. Er erzählt, wie er in Venedig den nichtexistierenden Maler Pizzarini entdeckte, von seinen Begegnungen mit Alfred Kubin, Erich Kästner, Federico Fellini u.a., von Charlie Chaplin, Wilhelm Busch und Saul Steinberg, warum er gemeinsam mit Friedrich Dürrenmatt und Daniel Keel als Pater Paul dem Verein der Wiener Kapuzinergruft beitrat und wie es ihm gelang, sich von den Gereimtheiten und Ungereimtheiten des Kulturbetriebs fernzuhalten, er aber doch zum vielleicht vierzigtausendsten Professor Österreichs wurde, und vieles mehr.

»Der Zeichner ist mit dem Schriftsteller viel enger verwandt als mit dem Maler. Der Zeichner und der Schriftsteller, diese Zwillinge, sind Erzähler. Flora ist ein Bilderschriftsteller. Er ist ein Literat.«
Erich Kästner

»Paul Flora wirkt nie böse aggressiv, immer liebevoll spöttisch und steht immer augenzwinkernd und ein wenig amüsiert außerhalb – so ein bißchen wie der liebe Gott.« *Marion Gräfin Dönhoff*

William Shakespeare im Diogenes Verlag

»Shakespeare malte Landschaften und baute Architekturen mit seinen Worten. Er hat es dem Schöpfer am nächsten getan. Er hat eine zauberhafte, vollkommene Welt geschaffen: die Erde mit allen Blumen, das Meer mit allen Stürmen, das Licht der Sonne, des Mondes, der Sterne; das Feuer mit allen Schrecken und die Luft mit allen Geistern, und dazwischen Menschen. Menschen mit allen Leidenschaften, Menschen von elementarer Großartigkeit und zugleich von lebendigster Wahrheit. Shakespeares Allmacht ist unendlich, unfaßbar.« *Max Reinhardt*

Dramatische Werke
Übersetzung von Schlegel/Tieck
Edition von Hans Matter
Illustrationen von Johann Heinrich Füßli

Romeo und Julia / Hamlet / Othello

König Lear / Macbeth / Timon von Athen

Julius Cäsar / Antonius und Cleopatra / Coriolanus

Ein Sommernachtstraum
Der Kaufmann von Venedig
Viel Lärm um nichts / Wie es euch gefällt
Die lustigen Weiber von Windsor

Außerdem erschienen:

Sonette
Englisch und deutsch
Herausgegeben und mit einem Vorwort
von Hanno Helbling

Shakespeares Königsdramen
Nacherzählt und mit einem Vorwort
von Urs Widmer
Mit Zeichnungen von Paul Flora

William Shakespeare
Sonette

Englisch und deutsch
Herausgegeben und mit einem
Vorwort von Hanno Helbling

William Shakespeares *Sonette* gehören zu den schönsten Texten der Weltliteratur. Sie sind nicht nur als Liebeserklärungen zu lesen, sondern stecken auch voller Brüche und Rätsel. Wie alt oder jung ist ihr Dichter? Handelt es sich um einen Mann oder eine Frau? An wen richten sich die Verse? Und was ist zwischen dem »Ich« und dem »Du« eigentlich vorgefallen? – »Über kein literarisches Werk ist mehr Unsinn geschrieben worden als über die Sonette Shakespeares«, befand schon W. H. Auden, und auch kein Werk der Weltliteratur – außer der Bibel – wurde häufiger ins Deutsche übersetzt. Hanno Helbling, selbst Shakespeare-Übersetzer, wählte die Übertragungen für den Band aus, der nebst der Originalfassung ein Panorama der wichtigsten Übersetzungen dieser rätselhaften und leidenschaftlichen Gedichte bieten will.

»Shakespeares *Sonette* sind das Stonehenge der englischen Lyrik. Es werden immer wieder aberwitzige Theorien aufgestellt, wer der Adressat dieser Verse sein könnte: die *Dark Lady* oder gar des Dichters Gönner, der Earl of Southampton. Aber wahrscheinlich liegen diese Deutungen alle falsch. Die *Sonnets* sind an keine bestimmte Person gerichtet, sondern an eine Idee, die Idee der Schönheit, die, in Kunst verwandelt, dem Tod trotzt.« *Nürnberger Nachrichten*

»Nach Gott hat Shakespeare am meisten geschaffen.«
James Joyce

John Donne
Alchimie der Liebe

Gedichte. Zweisprachig
Ausgewählt, übertragen sowie mit einem Nachwort und Anmerkungen versehen von Werner von Koppenfels

John Donne (1572–1631), katholischer Kaufmannssohn, Frauenliebling, anglikanischer Dekan, Parlamentsabgeordneter unter Elizabeth I.: 400 Jahre trennen uns von John Donne, dem respektlosen Dichter erotischer Liebeslyrik, der das Bett seiner Geliebten zum Zentrum einer in ihren Grundfesten erschütterten Welt macht. Hier werden neue Welten entdeckt, blutige Glaubenskämpfe ausgefochten, soziale Schranken niedergerissen, hier tobt die englische Revolution, geht das Reich der Tudors und Stuarts unter und die Sonne über erschöpften Liebenden auf.
Nur 400 Jahre! Mit seinen harten Rhythmen und kühnen, zärtlich-frivolen und auch deftigen Bildern, in denen er eine aus den Fugen geratene Welt bannt, ist er nicht nur Shakespeares, sondern auch unser Zeitgenosse.

»Was Donnes Gedichte so neu macht und bis heute so unverbraucht realistisch erscheinen läßt, ist ihre Dialektik von Leidenschaft und Reflexion, sinnlicher Unmittelbarkeit und intellektueller Analyse, die eingelassen wird in kühne, unkonventionelle Bilder und Vergleiche.« *Frankfurter Allgemeine Zeitung*

»Vier Jahrhunderte haben der Liebeslyrik von John Donne nichts anhaben können. Ihre Modernität verblüfft. Mit hart verkanteten Rhythmen und gewagter Metaphorik verhindert Donne alle zuckrige Glasur.«
Die Zeit, Hamburg